# 泣きたい夜にはアイスを食べて

# つかれたときは、アイスで一息

私が住んでいる駅近の木造アパート。徒歩圏内にあるのはコンビニとコインランドリーだけだ。スーパーまでは徒歩二十分。入社二年目の私に、ひとり暮らしをしながら車を保持できるほどのお金はまだないので、歩く気力のある休日に食材をまとめ買いをするようにしている。

今は冬だからまだ良いが、夏は最悪だった。冷凍食品は帰るまでの間で溶けてしまうし、肉は悪くなってしまわないか不安で、保冷バッグに大量の保冷剤を入れて歩くから、買い物する前から大荷物で大変なのだ。

スーパーと最寄駅、優先順位が高いのは当然駅だ。だから仕方ない。この生活を選んだのは自分なのだと言い聞かせ、私は今日も二十分かけて買い出しに行く。

スーパーに着いたら、まずは入口に貼ってあるチラシを確認。今日はハクサイとネギが安いみたいだ。ピーマンはこの間のほうが安かった。タマネギ九十五円って、高くない？

独り身なのに主婦みたいな思考になる自分にも慣れてしまった。

果物は高くてそう簡単には買えないし、野菜は冷凍できるけれど、ひとり暮らし用の冷凍庫は小さくてあまり入らないから量を買えなかったりする。調味料は使い切る前に賞味期限がきてしまうから、割高でもミニサイズを買ったほうが良い。全部、ひとり暮らしを始めてから気がついた。

必要な食材をかごに入れていきながら、明日のことを考える。

明日からまた連勤だ。仕事から疲れて帰って来ても、自分が作らないとご飯はない。面倒くさがって洗濯を後回しにするとあっという間に着る服はなくなるし、こまめに掃除をしないと埃がたまる。

疲れるとすぐ家事をサボろうとしてしまうから、やれることは今日中にやっておかないと。家事代行サービスとか羨ましいけどそんなお金払えるほど余裕はない。

あーあ、肩たたき券と引き換えに誰かやってくれないかなーなんて、バカみたいなことを考えては諦めた。

暮らしていくにはお金がかかる。自分のことはあたりまえに自分でやらないといけない。はあ、とため息が出た。最近残業続きで疲れているのかもしれない。

無性に甘いものが食べたくなって、お菓子コーナーに向かう。本当はケーキやパフェが食べたいけれど、なんでもない日に買うには悩ましい金額で、結局いつも手頃な特売のお菓子に落ち着いてしまう。

【つかれたときは、アイスで一息つきませんか？】

いつもと同じくお菓子コーナーに向かう途中、ふとそんな手書きのポップが目にとまった。つかれたときは、アイスで一息つきませんか？　まるで自分に語りかけられているような気分になる。

二五〇円のアイスの前で数秒思考を巡らせた。なんでもない日に食べるには高い。だけど、今日くらいは。なんとなく疲れてしまった、そんな夜くらいは。

「今日くらいは贅沢しちゃお」

二五〇円の少し高級なアイスをかごに入れる。

暮らしていくのはとても大変で、面倒で、時々どうしようもなく疲れてしまうけど。

時々肩の力を抜いて、自分を甘やかして、バランスとって生きていかなくちゃ。

# Contents

イラスト / 252%

デザイン / 岡本歌織（next door design）

# 泣きたい夜にはアイスを食べて

「失礼いたします」

　偉そうなおじさんたちに丁寧に頭を下げて部屋を出た。社員証を首からぶらさげたスーツの大人とすれちがうたびに会釈をする。慣れないパンプスが痛くて鬱陶しい。気を抜いたらヒールごと折れてしまいそうだ。汗が冷えたのか、緊張が解けていないだけなのか、体は震えていた。

　ビルのエントランスを抜けて風に当たる。同時に、終わった、と思った。それは、先ほどまでいた面接会場の重苦しい空気からようやく解放されたことと、この会社からは内定もらえないだろうなという確信の二つからくる感情だった。

　足を引き摺りながら人ごみを抜けて駅へと向かう。スーツを着た若い人たちは全員敵に見えた。あの人たちは、もう何個か内定が出ているんだろうか。志望動機も学生時代に力を入れたこともちゃんと持っていて、面接でも練習したことをそのまま伝えられたのだろうか。スーツでも涼しい顔をして歩ける人たちは、そういうことを普通にこなしながら生きているのだろうか？

スマホの電源を入れてＳＮＳを確認すると、三十分前に友達がストーリーを上げていた。どうやら高校時代の友達と遊園地に行っているようで、男女六人で映る写真の中に、付き合って三年になる私の恋人の姿を見つけた。

彼とは三年前、共通の友達を介して知り合い付き合うことになったので、友達のＳＮＳで彼を見かけることは珍しいことではなかった。付き合いたての頃は自分のいない男女グループで仲良くしていることにもやもやしてしまうこともあったけれど、三年も経つと慣れが生じてくるもので、今ではなんの感情も沸かなくなった。


恋人は、三年生の頃からインターンや企業説明会に参加していて、春にはすでに大手企業から内定をもらっていたので、あとは卒業するだけみたいだ。大学四年の九月にまだ内定がひとつももらえていない私とは全然違う。学生最後の年を存分に楽しんでいて、純粋に羨ましい。

今朝送られてきた【面接頑張って！】というＬＩＮＥの返事は十五時を回った今でも返せていなかった。内定をひとつももらえていない私が頑張るのはあたりまえで、就職先が決まっている彼が遊んでいることも不思議なことじゃないのに、悲しくて、腹が立って、どうしようもなかった。本当にわかってもらいたい気持ちは言えないまま、【今から帰るとこ。遊園地楽しんで〜】と真顔で文字を打ち、送信した。

早く家に帰って、Tシャツとスウェットに着替えて、余計なことを考える間もないうちにベッドにダイブして、そのまま眠りにつきたい。その一心で私は帰路につく。

まだ夏が残る九月。シャツが肌に貼り付いて気持ち悪かった。

---

【選考結果のご連絡】

吉田《よしだ》 寧々《ねね》様

先日は、お忙しい中ご足労いただきまして、誠にありがとうございました。

選考につきまして、社内にて慎重に検討いたしました結果、誠に恐縮ながら今回は採用を見送らせていただく結果となりました。何卒ご了承くださいますようお願い申し上げます。

なお、お預かりしました応募書類につきましては、弊社にて責任を持って破棄いたします。

吉田様のより一層のご健勝とご活躍を心よりお祈り申し上げます。

---

死ね、と思った。誰に対してなのかも定かではなかったが、二日前の面接結果が記されたお祈りメールを見た私の中には確かにそんな負の感情が芽生えていた。誠に恐縮ながら採用を見送らせていただく結果となりました。春以降もう何十回と見たその文字の羅列に嫌気がさす。たかが三十分の面接で、お前たち他人に私の何がわかる。どうせ私の顔なんてもう覚えていないくせに、本心でもないくせに、勝手に私の活躍を

祈るな。別に私だって、この会社が第一希望だったわけじゃない。

なんて、そんなことを思ったところで本当はわかってるのだ。数打ちゃ当たるだろうとなんとなくで応募して、志望動機なんて特にないままそれっぽいことばかり連ねたエントリーシートを提出して、面接では聞かれたことにすらまともに答えることもできない。恋人のように、早期からインターンや面接練習などの就活対策をしていたわけでもない。何もかもがぼんやりしたまま、夢も希望も見つからずただ生きているだけの私のことをほしがる会社なんてあるはずがない。

お祈りメールに怒りを感じるのは、空っぽな自分のことを見透かされてるみたいで嫌だからだ。四年の秋にしてまだ内定がひとつもないことへの焦り、恋人との落差、将来への不安。

私はだめだ。何ひとつ、普通にはこなせていない。こんなんで、生きている価値はあるのだろうか？

「ねーてか寧々はどうなの？」

「え？　あ、聞いてなかった。なに？」

友人のマユリと駅前のカフェで待ち合わせたのは十五時のこと。お祈りメールに気を取られていたところに急に話を振られ、ごめんごめんと謝りながら私はスマホを閉じた。マユリが「もー、ちゃんと聞いててよね」と全く怒っていなさそうな声色で言う。

「充希《みつき》くん、就職先県外なんでしょ？　遠距離とかやってけそうなの？」

「あー……どうだろ。想像できないからなあ」

充希というのは私の彼氏の名前だ。大手企業への就職が決まっている彼は、春からこの街を出て、知らない場所で生活していくらしい。充希本人からその話を聞いたとき、遠距離になることへの寂しさや不安の代わりに、この人は私とは全く違う道を歩んでいて、きっとひとりでも強く生きていけてしまうんだろうなと、そういう羨ましさを感じていた。

「まあ実際経験してみないとわかんないけどさ、でもなんだかんだふたりはうまくやってけそうな気がする」

「そうかねえ」

何もかもが、私には想像できなかった。恋人と遠距離になっても変わらず付き合っているところも、自分がどこかの会社に就職しているところも、ひとつもリアリティがなくて他人事のように思えてしまう。

「今しんどい時期だと思うけど、寧々なら絶対どうにかなると思う。つらくなったら爆発する前に、あたしとか、充希くんとかに吐き出しなね」

私がまだひとつも内定をもらえていないことをマユリは知っている。だからこうして、私が潰れてしまわぬよう、定期的にカフェや居酒屋で話せる機会を作ってくれているのだと思うけれど、その優しさすら、今の私には重かった。

絶対って本当に？　マユリは希望する会社に就職先が決まっているからそんなふうに思えるだけで、本当にこのままどうにもならなかったらどうするの。責任を取ってほしいだなんて言わないから、無責任なことを言わないでほしい。

言葉を選ばずに言うなら、友達も彼氏も私の吐け口にはならない。大切な人にほど私は弱さを見せられない。それに、仮に弱音を吐いたとて、私の気持ちなんてわかるわけがない。軽々しく共感されてもうれしくないし、ただ社会に適応できない自分が露呈されるだけで、根本的な解決にはならないのだ。

当然そんなことをマユリ本人にも充希にも言えるわけはなく、「ありがとー」と無理やり笑って返すのが今の私には精一杯だった。

このままだと、私はきっと優しさに殺されてしまう。

「また連絡するね。充希くんにもよろしく」

「うん」

「ういい。じゃ！」

マユリとは改札の前で解散した。お互いひとり暮らしで大学の近くに住んでいるので、いつもだったら同じ電車に乗って帰るのだが、今日は「このあと高校のときの友達と会う」と伝え、マユリには先に帰ってもらうことにした。

本当はそんな用事なかった。ただなんとなく、一刻も早くひとりになりたかった。

マユリの背中を見送り、ひとりになった途端、どっと疲れが押し寄せる。友達と過ごす時間を邪険に扱いたいわけではないのに、何を話しても就活が始まる前のようには楽しめなくてつらかった。学生生活のラストスパートにこんな気持ちになりたくなんてない。大切な人たちを大切にできない。何をしていても、誰といても、将来への不安が邪魔をする。

「……歩いて帰ろうかなあ」

ふとそんな独り言が溢れたのは、外の澄んだ空気が心地良くて苦しかったから、なのだろうか。理由は自分でもわからないまま、私は歩き出した。

夏の面影が残る九月。十八時はまだまだ明るくて、だけど少しだけ秋の風を連れている。

現在地から自宅までは徒歩でおおよそ一時間半。大学二、三年生の頃は飲み会終わりに終電を逃して、友達と一緒に缶ビール片手に歩いて帰るなんてこともざらにあったけれど、就活が始まってからはそんな機会もなくなってしまった。

最近ではもう、様々な不安やストレスを緩和させるためだけにお酒を摂取している。酒でも飲まないとやってらんないだとか、そんなことを思うほどの年齢にはまだなっていないはずなのに、お酒を飲むたび、このアルコールが致死量で、このまま死んだほうが楽なのかもと思ったりする。

あっという間に秋になった。きっと九月も息をしているうちに終わってしまって、私の状況はそう大きく変わらないまま、冬が来る。不安に押し潰されそうだった。

バイト先のひとつ上の先輩から「就活まじでやばいから早めに対策しときなね」と散々言われていたから、充希のように三年のうちから行動していたわけではないけれど、春のうちにきちんとスタートさせていたつもりだった。実際、私の周りには六月頃から始める人が多くいたし、正直な話をすると、常識や倫理観がなってなくて社会人に向いていなさそうな友達だっていたわけで、私はそれなりに「ちゃんとしている」ほうだったはずなのだ。それなのに、気づけばその人たちも知らぬ間に内定をもらっていて、私だけがまだ毎日スーツを着ているのはどうしてなのか。

『寧々も早く決まるといいね（笑）』

今はもう縁を切ったかつての友達にそう言われたあの日のことを、私は一生覚えているのだと思う。語尾に（笑）がついているように感じる話し方は、就活を終われないままの私をどこか見下していて、バカにしているというのがよくわかった。真面目に生きているのは絶対に私のほうなのに、なんて、そう思っている時点で人を見下しているのは私も一緒だと気づき、虚しくなったのだった。

歩いていると、ＬＩＮＥの通知が鳴った。充希からだった。

【明日バイト休みになったんだけど、夜うち来る？】

自分中心のＬＩＮＥに腹が立った。就活に苦しむ私を応援する傍らで自分は男女グループで遊園地に行っていることとか、バイトが休みになって暇になったから私と会おうとしてくるところとか、悪いことじゃないのに、少しだけもやもやしてしまう。

私は明日も薄っぺらい内容のエントリーシートを書いて、なんとなく私でも入れそうな会社をピックアップして、面接の日程を組まなくちゃいけなくて、その予定は充希のバイトが休みになったからといって覆されることはないのだ。

【今日は行かないや。ごめんね】という文面と共に申し訳なさそうな顔をしたスタンプを送り、LINEを閉じる。

いつから充希に対してこんなふうに思うようになってしまったんだろう。

就活を始めてから、私をとりまく環境はどんどん良くない方向へ変わっていくような気がしていた。人間関係は良くも悪くも限定され、孤独は強まり、余裕がなくなり、卑屈になっていく。どうすることが正解なのかわからない。

歩きながら泣けてくる。この涙が何からくるものなのかさえ、私はわからなかった。

なんで生きてるんだろう。そう思ったらまた涙がこぼれた。

「吉田？」

涙がおさまった頃に適当に寄ったコンビニで、私は偶然平田《ひらた》という男に会った。平田は大学の同級生で、二年生のときのゼミが同じで顔見知りになっていたが、大学以外でわざわざ会ったり話したりするほどの仲ではなかった。三年生にあがりゼミが変わって以来話していなかったので、スーツ姿で声をかけられたとき、私はびっくりしてしまった。

「やっぱ吉田か。なに、今から宅飲みでもすんの?」

「や、これは自分用……」

「あーね。美味いよねそれ」

手に持っていた缶酎ハイに視線を送りながら平田が言う。

ストレスと不安の一時的な解消のためだけにお酒を飲むことは、無意味だとわかっていてもやめられそうにない。

「平田は?」

「俺はヤニ」

「ああ……美味そうだね」

「ぶはっ。思ってねーだろそれ」

適当な返しがバレて笑いながら突っ込まれる。平田ってそういえばこんな笑い方する人だったかも、と二年前の記憶が少しずつ蘇ってきた。

「平田……面接だったの？」

私たち大学四年生においてスーツというのは嫌でも就活を連想させるもの。おまけに彼は金髪がトレードマークと言ってもいいほどいつも明るい髪色をしていて、ゼミが別々になってからも校内ですれちがうときは金髪がよく目立ってわかりやすかった。だから、その髪が真っ黒に染まっているのを見て、反射的に聞いてしまった。私の問いかけに、「そーそー」と平田は軽いテンションで頷く。

「でも今日のとこはあんまよくなかった。圧迫面接っつーの？　すげー怖かったし、仮に受かっても入らないわって思った」

「……そうなんだ」

選べる立場にいるということは、平田はすでに一社以上から内定をもらっているのだろう。やっぱり、私だけが置いていかれているのかもしれない。昼間に届いたお祈りメールを再び思い出し、気持ちが沈んでしまう。手に持ったままの缶酎ハイが、私のしょうもなさを際立てる。

「なあ」

「うん」

「お前、大丈夫？」

ふとかけられた言葉に、俯きがちになっていた顔を上げた。

「え？」

「や、なんか死にそうな顔してるから。知らねえ人かと思って声かけるの一瞬迷った」

死にそうな顔してる。初めて人から言われたそれに、私は何も言えなかった。

自分がどんな顔をしているのか想像できなかったが、久しぶりに話した同級生に心配されるほどということは、よっぽどひどい顔をしていたのだろう。人と自分を比べて落ち込んでばかりな日々まで見透かされているような気がして恥ずかしさが募る。

「あー……うん、なんかねえ、就活あんまうまくいってなくてさ」

変に気を遣われたくもなかったので、誤魔化すようにそう言って笑って見せた。鬱々とした感情を共有したとて、境遇のちがう人に私の気持ちなんてわかってもらえるわけがないからだ。

私の言葉に、平田は一瞬口を噤《つぐ》んだが、すぐに「あーね」と、可もなく不可もない相槌をした。少しの気まずい空気が流れたまま、「会計してくるわ」という平田に頷いて、別々に会計を済ませる。

そのまま帰っても良かったが、なんとなくそれは違うような気がして、私たちは一緒にコンビニを出た。駅を出たときはまだ明るかった空を星が歩いていて、あっという間に夜が顔を出している。

「なんかさあ」

「うん」

「髪暗くしてから性格も暗くなった気がするんだよなあ」

コンビニの喫煙スペースで買ったばかりの煙草を吸いながら平田が言う。まだ見慣れない黒髪に視線を移すと、「これはこれで嫌いなわけじゃないんだけどね」と付け足された。

平田が吐き出した煙草の煙が、暗い空へと消えていく。

「スーツに匂いついちゃうんじゃないの」

「どうせそろそろクリーニングに出すしいいんだよ別に」

「ふうん」

私が就活を終えてスーツをクリーニングに出せるのはいつなんだろうと、買ったばかりの缶酎ハイを開けながらぼんやり思う。アルコールは四パーセント。生憎お酒が弱いわけではないので、どうせこの程度のアルコールじゃそう簡単には酔えない。

「平田」

ひとくち飲んで、私は口を開いた。返事はなかったが、平田の視線が私に向いているのがわかった。

「私、多分だめなんだ」

春から就活を始めて約半年の間で、誰かに弱音を吐いたのは初めてだった。言葉にした途端、弱さと情けなさが詰め込まれた涙がぼろぼろとこぼれ落ちて、止まらなかった。四年間共に行動していた友達でも、付き合って三年になる恋人でもなく、久しぶりに会った元ゼミ仲間の男の前でこんなふうに泣くことがあるなんて思わなかった。

平田は少しびっくりしていたけれど、「今日街でもらったからティッシュあるぜ」と絶妙な優しさだけをちらつかせ、急に泣きだしたことに対して、「どうしたの？」も「大丈夫？」も言わなかった。

「やりたいこととかなんにもないの。重い責任とか背負いたくないし、向上心とかないし、人の上にも立ちたくない。だから志望動機が空っぽで、それも多分会社側に見透かされてんのかなって思う」

「うん」

「バイトでもいいのかなって思うけど、周りが新卒で会社に入ってる中で私だけフリーターって、すごい、劣ってるって感じちゃう。漠然とだけど、いつかは誰かと結婚したいなあとかも思うし、でもまだひとり暮らしの楽しさを捨てたくないから生活費は稼いでいかないといけないし。働かなきゃいけないから働くだけで、本当は、社会になんか出たくない。私多分向いてない、生きていくこと自体が」

「うん」

「平田、どうしよう私、」

「うん」

「もうやめたい。全部、全部全部全部全部、投げ出したいよ……」

だめなんだ、もう、何もかもが。

たかが就活ごときで、長い人生で見たらたった一瞬の出来事で、私は死にたくなっている。誰を頼っていいのかも、誰にこの気持ちを吐き出していいのかもわからず、四年の夏が終わろうとしている。

こんな自分が大嫌いだ。就活の時点で上手に社会に馴染めない私は、うまく頑張れない私は、どこへ行ってもだめなんじゃないか。何をしてもうまくできないんじゃないか。この先に待つ未来のどこかで、私は私のことを好きになれるのだろうか？

何もできない。何者にもなれない。その事実が、不安が、私をこんなにも死にたくさせる。

「吉田さあ、アイスは何が一番好き？」

泣きじゃくる私に、吸い殻を潰しながら平田が言った。私が吐き出した弱音とは一ミリも関係のない、意図のわからない質問だった。

「俺はジャイアントコーンが好きなんだけど。吉田は？」

「は……、え、はあ……？」

「いいから。ね、なにがいい？」

平田がかまわず質問するので、私は情けないほどの鼻声で「板チョコアイス……」と答えた。

すると、平田は再びコンビニに入っていき、三分も経たず、ジャイアントコーンと板チョコアイスを片手に戻ってきた。呆気に取られ、涙は徐々に乾いていく。

「うい」

「え、あ、ありがとう……」

隣で早速ジャイアントコーンにかぶりつく平田に流され、私も板チョコアイスをかじる。チョコレートの甘味とアイスの冷たさが、お酒とは違う刺激と安心感を連れてきて、また泣きそうになってしまった。

「結局さ、酒も煙草も気休めの薬みたいなもんでさあ。多分だけど、こういうときってアイスとかスイーツとか、甘いもののほうが沁みるんじゃねえかなって俺は思う。甘いものってご褒美にする人多いけど、頑張れてなくたって別に食ってよくねえ？　美味いし」

「けど、」

「投げ出してもいいよ。疲れたんだったら、一旦やめてもいいじゃん。他人事だから言えるんだろって思うよな。でも、実際そうなんだよ。他人事だからこそ、俺は簡単に吉田の人生に口出せる」

平田は私のことをきちんと知らない。私の就活状況も、本音も、空っぽな部分も、なんにも知らないから、適当なことが言えると言った。不思議と腹は立たなかった。むしろ、平田があたりまえのように言ってのけたその言葉が、私にはあまりにも優しくて、光のように感じられたのだった。

「……てか、平田はどうなの？　今更だけど、私も話聞いてもらったし、聞くくらいならするよ」

自分の情けない姿ばかり見せてしまったなあと反省しつつ、平田に話題を振ってみる。私の弱さを見たあとだからか、「俺はねえ」と平田がすぐに口を開く。仲良い友達にはなかなか言えずにいる悩みだと言っていた。

どうやら、ありがたいことに内定は何個かもらっているが、どこの会社もピンと来ないまま今も就活を続けているらしい。何個か選択肢があればやりたいことが見つかるかもしれないと思っていたが、見つからないままなのだと言う。就活をしている自分に安心してるだけなんじゃないか、とも思っていたという話を聞いて、人にはそれぞれ悩みがあるというのを、私はそのとき改めて実感したのだった。

「でも、吉田に言っておいて自分に返ってきたっていうかさあ。俺も深く考えるのやめるわ。煙草臭いスーツで面接行ってやろうかなって思ったもんね」

「ふは、いいねそれ」

「な。そんくらいで生きたって許されたいよなー」

生きていくことが向いてなくても、社会にうまく馴染めそうになくても、ひとつも頑張れていなくても、アイスは食べていいし、食べたらあたりまえに美味しくて泣いていい。

「俺たち別にそんなに仲良いわけじゃないのにさ、なんでこんな話してんだろうな」

「うん……変だよね。でも私、ちょっと救われた気がする」

「な。やっぱ美味いんだなー、アイスって」

適当に寄ったコンビニの喫煙所で、久しぶりに話す元ゼミ仲間と泣きながらアイスを食べる。それは言葉に起こしたらとても変な瞬間で、だけど何故かとても大切で尊い時間に思えた。

# ばかなおとな

「ねえ聞いてよ」

ビール片手にキムチをつまみながら、彼女は眉を寄せて言う。返事はせず、代わりに続きを待っていることを示唆するように視線を向けた。

「三月うちの店繁忙期でさ、めちゃくちゃ残業頑張ったわけ。で、こりゃ今月は給料期待できるわーって思ってたんだけど」

「はいはい」

「そう、あのねえ、天引きされるお金が多すぎて手取りいつもとそんなに変わんなかったんだよ。ガチで病まない？　これ」

「病むし萎える。税金の仕組みとかよくわかってないけどさー、あたしたちが貧困なことだけは嫌でもわからされるっていうか」

「あーあ、生き難《にく》い」

あたしと彼女は高校時代の同級生だ。卒業してからもう数年経つけれど、今でも月に一回のペースで顔を合わせている。先月は「今あんまお金ないから家でタコパしよう」と言う彼女に頷いて、あたしの家でたこ焼きパーティーをした。

材料は割り勘すると安く済むので、だいたいどちらかの家でご飯を作って食べることが多いのだが、今月は給料日の直後に予定を組んだので、久々に外で酒を飲もうと居酒屋にやってきた。

それで、今の会話に至るわけである。

「居酒屋だって本当は毎月来たいんだよ。だって美味いじゃん、疲労に効くじゃん、お酒ってのは」

「外で飲むことでしか得られない栄養ってあるよね」

「そうなの。でもそんなことを毎月できるほど暮らしは豊かじゃないんだよねえ」

契約社員の彼女と、正社員のあたし。異なる形で社会に適応しようとするあたしたちは、こんなにも素晴らしくて尊い存在なはずなのに、会うたび交わすのは可哀想なほど情けない会話ばかりだ。

「私、大人になったらなんでもできると思ってた。好きなお店でご飯食べることすらこの歳になっても渋っちゃうとかあるんだなあ」

大人になってから気がついた。大人になることは、魔法じゃないのだ。

「あーでもなあ、せっかくの給料日だし、先月頑張ったし、好きなものたらふく食べるくらいなら許されるかな。ポンデリング十個とか」

正直余裕じゃね？　そう言って笑う彼女が、あたしにはとても可愛く見えた。

「なんでも値上がりしてるからさ、ドーナツ十個でも二千円近くするんだよねぇ。でもま、二千円なら、まあ……大人なんで……」

「こんなんでもね」

「そうだよ……」

大人になって気づいたこと。この歳になっても仕事はつらいし、自分のことで精一杯だし、暮らしはままならないし、貯金なんかできっこない。頑張っても頑張ってもバカみたいに税金ばかり引かれて萎えるし苦しい。だけど、でも。

「ねえそれ、あたしエンゼルクリームで参加するわ」

「まーじ？　エンゼルクリームえぐいよ、生クリーム飲むようなもんじゃん。三個が限度でしょ」

「すいません自分、生クリーム全然飲めます」

「だははっ、ヤバすぎ！」

うまくいかない毎日のことも、理想とは程遠い人生のこともどうでもよくなってしまうくらい、最高にばかで大好きな時間。

大人になった今も、この先も、この素晴らしい瞬間のために生きていく。

すべてはいずれ記憶になって

「俺、好きになったらまじで一途だと思う」

彼が自分のことをそう話していたとき、この人は自分自身のことをとても信用していて、絶対で、大切なのだろうと思った。それは決して悪い意味ではなく、自分の性格や思考、生き方そのものを一度だって信用できたことのないあたしにとっては、あまりに眩しく輝いてみえた。だからこそ、あのときの彼のまっすぐな言葉を、あたしは純粋に信じていたのだ。


「隣いい？」

彼と初めてまともに会話したのは、大学三年生になってすぐに開かれたゼミ飲みのときだ。

二年生のときからゼミのメンバーは変わらないので、彼がどんな人であるかはだいたい知っていたが、一対一で話をしたのはそのときが初めてだった。

テーブルの一番端で、周りの会話にうまく入り込めずに愛想笑いをしながらハイボールを飲んでいると、彼が突然あたしのもとにやってきて隣に座った。「これ美味いよ」と、クラッカーにモッツアレラチーズとハチミツが乗っているつまみを差し出す。ありがとうと言ってひとつもらう。確かにそのつまみはとても美味しかった。

「みんな酔ってきててさ。ちょっと休憩」

「ああ……、樋口《ひぐち》くん友達多そうだし大変だね」

「ちょっとだけね。でもまあ、楽しいからいいんだけどさ」

樋口侑李《ゆうり》という人間は、明るく爽やかで、友達が多かった。よく周りを見ていて気が遣えた。あたしのような、端で窮屈そうにしている人にも声をかけてくれる優しさもあり、顔も当然のように整っていた。

「三角《みすみ》さんって結構飲めるんだ？」

「親がお酒強いの。遺伝だと思う」

「へえーいいな。俺は実は結構弱くてさ。ウーロンハイに見せかけていつもウーロン茶飲んでる」

これ内緒ね、と彼が耳打ちをする。あたしはドキドキしていた。鼻をかすめる柑橘系の香りも、耳当たりの良い低い声も、ひとつひとつにときめいてしまい、仕方がなかった。

その日、成りゆきで連絡先を交換することになったあたしと彼は、一ヶ月後には恋人同士になっていた。

こんなにも簡単に、人は恋に落ちてしまう。人を好きになることに時間は関係ないのだと、二十歳のあたしは身をもって体感したのだった。

「麻衣《まい》のこと、めちゃくちゃ好きかも。どうしようまじで」

「どうしようねえ」

「俺ばっか好きな気がする。そんなことない？　大丈夫かな」

「大丈夫だから安心してよ」

好きになったら一途だと言っていたのは本当だったのだと、自分に向けられる好意を以て初めて信じることができた。

「麻衣も、もっと俺のこと好きになって」

「好きだよ」

「うん。でももっと。俺は麻衣のこと全部知りたいから。我儘も弱音も愚痴もなんでも言って」

「わかった。我儘ばっかり言っても嫌いにならないでね」

「こんなに好きなのに嫌いになるわけないだろ」

「言ったね。信じるからね？」

彼はきっと、何があっても離れていかない。ずっとそばにいてくれる。

あたしはあのとき、確かにそう信じていたのだ。


「今度さ、新卒の子にＯＪＴしなくちゃいけなくなって」

「ＯＪＴ……あー、教えるやつ」

「そう。だからもうずっと鬱。ほんとにやりたくない、できない」

「でもやらなきゃいけないでしょ、仕事だから」

「わかるよ。わかるけど、人には本当に苦手なことってあるじゃん。あたしは人に教えたり指導したりするのが本当に苦手なんだよ……。同期の子には『適当に誤魔化して断ればよかったのに』って言われて終わるし……あたしは断るのも苦手だもん」

「そんなに嫌なら、まずは断れるようにならないとじゃん」

「そう、だけど……」

ちがう、そうじゃない。あたしがほしいのは、そんな現実的な言葉じゃない。

社会人になってから早二年が経った。週五出勤、サービス残業、日に日に課されていく責任。あたりまえになってしまった日常が憎い。

子供の頃、あれだけ憧れていた「大人」になれたのに、人生はつまらないと感じることばかりだ。何も考えずに駆けまわっていたあの頃に戻りたい。

金曜日の夜だった。付き合って三年になる恋人の家で、あたしは今日も鬱々とした気持ちに喰われている。

生まれてからもう二十四年が経つが、変わらずあたしは自分の性格も思考も生き方も好きになれないままでいる。それは改善されるどころか、社会人になってからネガティブ思考や卑屈さは悪化する一方で、自身のことを考えれば考えるほど、死んだほうがましなのではないかと思ってしまう。

「だからもう辞めるしかないなって、思ってるんだけど」

「うん。でも仮に転職しても麻衣はどうせ同じこと言うんじゃない？」

変わらないあたしをさしおいて、侑季はすっかり変わってしまった。前までだったらきっと、「麻衣は頑張ってるよ」と、優しく抱きしめてくれていたはずだ。辞めたいなら辞めても良いと思う。麻衣の心が一番大事だから。あたしは他でもない彼からそう言われたいだけだったのに。

「わかってるよ……」

仕事を辞めたい。ここ半年、ずっと同じことばかりを口にしている。

責任はできる限り負いたくないし、誰かの見本になることも苦手だ。けれど、時間や年齢を重ねれば重ねるほど、自分がやらなければいけないことは増えていく。出来が良いんじゃない。あたしはただ、面倒ごとから逃げ切るのがへたくそなだけなのだ。だからもういっそ早く仕事を辞めたいのに、仕事を辞めると生活ができなくなる。それに、転職活動をするとしても、やりたいことがこれといってないあたしはきっと同じ職種で探すだろう。そうなると、同じことの繰り返しだ。

「何度も同じことで悩むの、生産性ないからやめな。もっと前向きに生きたほうがいいよ」

終わりの見えないあたしの話を、最近の彼は面倒くさそうに聞いている。

前向きに生きたほうがいい。わかっている。わかっているのに、踏み出せない。

「ていうか麻衣、明日用事あるって言ってなかった？　そろそろ帰ったら」

「そう、だけど……」

「駅まで送るから。ね？」

同じ布団で眠らなくなったのはいつからだろう。お互い土日祝日が休みだから、社会人になりたての頃は、金曜日の夜はどちらかの家に泊まることがあたりまえだった。

それがいつからか、終電がなくなる前に解散するようになった。最後に体を重ねたのも一ヶ月以上前のことだ。キスやハグも、学生の頃に比べて格段に減った。それはお互いの存在に慣れたから、というよりは、彼があたしを求めなくなったから、というほうが理由として近いように思う。

「どうかした？」

「……ううん」

「そ？　じゃあほら、帰る準備しよ」

今日泊まって行っちゃだめ？とは聞けなかった。本当はもっと一緒にいたい。帰りたくない。そう思っているのはきっとあたしだけだ。あたしがこの家に来ることを、彼はもうあまりよく思っていないのだろう。

上着を渡され、彼はテーブルの上に置いてあったスマホや家の鍵をあたしの鞄に雑に入れている。まるで、早く帰れと言われているようだった。前はこんなんじゃなかった。あたしが帰ろうとすると寂しそうにしたり、鬱陶しいほどべたべたくっついてきたりもしていた。会うたびに、好きだと言ってくれていた。

どれだけ願っても、人は少しずつ変わっていってしまう。

駅に向かうまでの道のりで、彼はあたしに、仕事でうまくいったことや褒められたときの話をした。昔は色々あたしのことも知りたがって聞いてくれていたけれど、今ではもう、自分のことばかり楽しそうに話して、あたしの話はほとんど右から左へと流しているように感じてしまう。

辞めたいと嘆くあたしには、仕事に自分の価値や存在意義を見出している彼の話はとても理解できず、俯いてばかりだった。

仕事も恋愛も何もかも、人生すべてを楽しいと思えないのは、あたしが少数派だからなのだろうか。辞めたいと言いながら辞められずにいるのも、誰に何を言われても前向きな思考になれないのも、誰といても疎外感や孤独感を感じてしまうのも、記憶ばかりをたどってしまうのも、不変を望むのも、全部あたしだけなのだろうか？

「……ねえ」

「なに？」

「あたしのこと、好き？」

駅の改札が見える。問いかけたあたしの声は少し震えていた。

怖かった。泣きそうだった。もうあたしたちの気持ちが同じ方向を向いていないことには気づいている。それでも、彼の存在を繋ぎ留めていたかった。

けれど、問いかけてすぐに後悔した。

「好きだよ」

目は合わなかった。数秒間の沈黙のあと、ただ義務のように言われたそれが、余計にあたしを虚しくさせる。三年前とは何もかもが違う。あたしが言わせた「好き」という言葉に、心はこもっていなかった。

「てかそれって今更聞く意味あんの」

「そ、だよね、ごめん」

「送るのここまででいい？」

「……うん」

「あとさ、今月ちょっと忙しくなりそうだから、あんま会えないかも」

「……そう。わかった」

「じゃあまた」

かつては忙しいときでも、時間を見つけて会ってくれていた。もう戻らない過去のことを思い出して切なくなる。彼はもう、理由がないと会おうとしてくれないし、聞かないと好きとは言ってくれない。

どうしてこうなってしまったんだろう。どうして人は変わってしまうんだろう。

どうしてあたしは、こんなに孤独なんだろう。

家に帰り、あたしは泣いた。どれだけ泣いてもこの日々は何も変わらない。それでも孤独で無力なあたしは、泣くことでしか感情を発散できなかった。


「三角さん、ちょっといい？」

「え、はい」

「この間のＯＪＴのことでなんだけど――……」

あたしの人生は、いつも少しずつうまくいかない。

「まあ色々言ったけどさ。初めてだし、失敗は誰にでもあるものよ。あまり気に病まなくていいからね」

「はい……すみません」

「いいのいいの。次から気をつけましょう」

　上司に期待されて責任のある仕事を任されるけど人に迷惑をかけてしまうようなミスをするだとか、長く付き合っている彼氏はいるけど破局寸前だとか。小さな不幸や失敗がおきてばかりなのは、きっとあたし自身に問題があるからだ。できない仕事だとわかっていて断れなかったのはあたし。自覚がありながら恋人に「好き」だと言わせたのもあたし。すべては自分が招いた結果だ。

　生きていて楽しくない。面白くない。不安ばかりが募る。こうして同じことを繰り返しながら死ぬまで続いていく人生が恐ろしい。

　その日は定時で退勤した。会社を出て、大きなため息がでる。

　先週の金曜日で止まっている侑季とのトークを開き、つらい、と打っては消し、結局何も送れないまま閉じた。何度も同じことで悩むのは生産性がないと、きっと彼は言うのだろう。弱音ばかりのあたしからのＬＩＮＥに、面倒くさそうに返事をしている姿を想像したら、申し訳なくて泣きたくなった。

救われたい。楽になりたい。ただそれだけ、なのに。

「あれっ、麻衣ちゃん？」

ふと名前を呼ばれた。記憶に残っている声だった。

「え、七海《なな み》さん。なんでここにいるんですか？」

「たまたま近くに用事があったの。久しぶりだねえ。元気だった？」

「あー、はい、元気ですよ、それなりに」

「それなりかあ」

七海さんは、あたしの育成をしてくれた上司だ。今あたしができる業務のほとんどは七海さんから教わった。人見知りなあたしでも心を開きやすく、仕事がつらいときは何度もご飯に連れて行ってくれて、話を聞いてくれた。仕事に対しては厳しい一面があったので、同期は七海さんを苦手だと言っていたけれど、あたしはとても好きだった。美人で、仕事ができて、頼れる存在。

憧れだった七海さんは、一年前、結婚を機に仕事を辞めた。

「麻衣ちゃん今から帰るとこなの？　このあと何もなければご飯食べに行かない？」

「え、いいんですか？」

「いいから誘ってんのよぉ。それに、それなりな麻衣ちゃんを放って帰れないよ」

七海さんは変わらなかった。変わらず優しくて、気さくで、久々に会ったあたしのような後輩のことも気にかけてくれる、手本のような大人だと思った。


「まさかまた会えるなんて思ってなかったです」

「それはこっちの台詞よ。ご飯行こうって誘っても全然予定合わないから。あーもう二度と会えないのかもって思ってたよ」

「ちょ、誤解ですって。七海さんが空いてる日だけまじで謎に予定あったんですよ」

「ほんとかなあ」

職場の近くに美味しい定食屋がある。七海さんと一緒に働いていた頃は仕事終わりによく夜ご飯を食べにきていたけれど、彼女が辞めてからはめっきり来なくなってしまった。

唐揚げとチキン南蛮が自慢の店。七海さんが唐揚げ、あたしがチキン南蛮を頼み、それらをシェアするのがお決まりのパターンだ。一年ぶりに会った今日も、それは変わらなかった。

「麻衣ちゃん、元気だった？」

唐揚げを頬張りながら、七海さんが口を開く。再会した時と同じ台詞だった。

「……それなりです。健康なので」

「健康そうな顔はしてないけどねえ」

「それは顔の問題ですよ」

「いやいや。麻衣ちゃん一緒に仕事してた頃のほうが覇気あったよ」

あたしは、それなりに元気なのだ。眠れない夜が時々あっても、基本的には毎日六時間は眠れているし、一日三食も欠かさず摂っている。比較的、健康的な生活を送れているのだと思う。社会人になってからの二年間、あたしの生活はこれといって変わることなく続いている。

そんな日々にほんの少しだけ不満がある、というだけで。

「体が健康だからって心も元気とは限らないよ」

諭すようなやさしい声色に、喉の奥がきゅっと締まる。ほんの少しに値する部分を吐き出しても良いと言われているような気がした。

「元気なんです。なんです、けど」

「うん？」

「……怖くなるときがある……というか」

　恋人にはもう言えなくなってしまった、生産性のない悩み。

「あたしはもしかしたらこの先ひとりで死んでいくのかもしれないとか、結局辞めれないまま、生きるためのお金を稼ぐためだけにこの会社に居続けるのかもしれないとか」

「うん」

「……彼氏に、もうすぐ振られそうなんです。勘付いてるのに、振られるの怖くて好きかどうか聞いて、好きって言われて安心しちゃうんです。彼氏は仕事前向きに頑張ってるのに、あたしは会うと仕事の愚痴ばっかり言っちゃったりとか。断れないまま受けた仕事は案の定失敗して注意されたばっかりで。あたしはずるいから、ほらねって、人のせいにしたくなるんです。でも、そもそも引き受けたのはあたしだから、そんなの誰にも言えないし。でもずっと考えちゃって、もやもやして」

「うん」

「夜とか、急に泣けてくるんですよ。おかしいですよね。誰かといてもずっと独りみたいな気がして、悲しくなって」

「うん」

「なんかもう、なんでなんだろうって……思って、それで」

「うん」

「あたし、ずっとこうやって生きてかなきゃいけないんですかね……？」

あたしの、面白くもなんともない鬱々とした話を、七海さんは相槌を打ちながら聞いていた。頭の中に浮かんでいた言葉たちをすべて吐き出して、だんだんと申し訳なさが募る。やっぱり、こういうことは人に話すべきことじゃないのかもしれない。聞かされた相手が可哀想だ。

生産性のない話は考えるだけ無駄、なのだから。

「やっぱり改めて思ったけどさ、麻衣ちゃんは本当に素敵な人だよねぇ」

思いがけない言葉に、え？と声がこぼれる。『素敵な人』なんて、生きていて向かい合って言われたことのない言葉だった。

「人のことを悪く言わないって、あたりまえのことのようで、すごく難しいことだと思うんだよ。女の人は特に。でも、麻衣ちゃんは絶対に人を悪く言わないし、理不尽に誰かのせいにもしない。ちゃんと、だめな自分とも向き合おうとするじゃん」

それってまじですごいからね？と七海さんが付け足すけれど、あたしはまだその意味を理解できずにいた。

褒められるような生き方はできていない。

あたしは弱いだけだ。ひとりを選ぶこともできなければ、自分を正当化できるほどの自信もない。それに、だめな自分と向き合おうとしているのではなく、だめな部分しかないからそうせざるをえないだけなのだ。

「そりゃさ、生きてたら愚痴は出るよ。人間だもん。吐き出せる場所ほしいに決まってるよ。麻衣ちゃんにとってそれが彼氏だったわけでさ。付き合ってるんだもん、受け止めてほしいよね」

「……そうなんです、けど、でも」

「もちろん、自分は頑張ってるときに隣で病まれたらうざいって思う気持ちもわかる。だから麻衣ちゃんの彼氏にも一理はあるの。ね、でも、麻衣ちゃんには麻衣ちゃんの事情もあるじゃん。麻衣ちゃんだってどんどん重くなる責任背負って頑張って仕事行ってさ、生活してるわけでさあ。疲れてるのはお互い様なんだよ。生きてるんだから愚痴くらい言わせろって話よね」

「……でも、それが社会の普通なんですよね。あたしはなんか全然……」

「普通に生きるってねぇ、思ってるよりずっとずっと尊くて素晴らしいことなんだよ」

こんなふうに、誰かに自分のことを肯定されたのは初めてだった。普段、褒められ慣れていないので、なんて返すのが正解かわからず言葉を詰まらせる。

「それに私が知ってるのは麻衣ちゃんだし、麻衣ちゃんを肯定したい気持ちが強いんだよ」

単純でわかりやすい理由だった。どれだけ褒められようとその言葉すべてを信用しきれないあたしにとっては、とてもありがたい言葉だ。彼氏よりあたしのことをよく知ってくれているから。たったそれだけの理由で、こんなにもあたしの存在を肯定してくれる。

そのことを実感したとき、たいして親しくもない人のことを気遣ったり、何に対しても自分に非があると思い落ち込んでばかりだったことがあまりにくだらなく思えた。

「麻衣ちゃんは頑張ってるよ。大丈夫だよ。きっと、今つらいことも耐え難いことも、いずれ全部記憶になってくれる」

　あたしは頑張っている。ちゃんと、生きている。そうしているうちに、すべてはいずれ記憶になる。

「時々でもいいから、少し力抜いて自分に甘くしてもいいんじゃないかな」

「……そうですね」

「麻衣ちゃんにとってのつらいこととか、不安なこととか、そういうの全部わかってるのは麻衣ちゃんだけなんだから。もっと自分を大切にしよ」

　本や映画では何度か聞いたことのある言葉。実際に言われて初めて、この言葉のあたたかさを知った。

　話しているうちにすっかり冷めてしまったチキン南蛮をひとつ七海さんの皿に取り分けると、七海さんはあたしの皿に唐揚げを乗せてくれた。共に働いていた頃のことが懐かしくなる。七海さんが上司じゃなかったら、あたしはもっと早く仕事を辞めていて、違う職場で働くことを選んでいたかもしれない。けれど七海さんが上司だったから、今一緒にチキン南蛮を食べている。

「麻衣ちゃん、ここの餃子アイス食べたことある？」

「餃子アイス？」

「そう。ごま油風味なんだけど美味しいの」

「食べてみたいです」

「じゃ、あとで頼もうか」

今日、七海さんと久しぶりに会えたのは、きっとただの偶然ではなく、運命だったのではないかと思う。

「麻衣ちゃん、さっきの話に補足なんだけど」

「はい」

「自分が選んだことに自信がないなら、これから正解にしていけばいいんだよ」

だから大丈夫。

不思議だった。七海さんの言葉に根拠はない。けれど、あたしが抱える不安も悩みもひとつだって解決していないのに、なんとなく心が軽くなったような気がした。

尽きない悩み、つまらない日々、容赦なく続く人生、デザートの餃子アイス。

今のあたしを取り巻くすべては、いずれ記憶になっていく。

# 二十代の最終兵器

いつの間にか冬になっていた。歳を重ねるたび、一年がとても早く感じるようになる。

「あー、やっぱぱこえーなぁ」

「なにが?」

「生きてくことがさ。俺もうずっと、二十代で死にたいって思ってる」

大根おろしに醤油をかけながら、向かいに座る男は言った。醤油でだくだくになったそれを出汁巻き卵の上に乗せ、大きく口を開けひとくちで頬張っている。

「美味い?」

「美味い。無限」

「死んだらそれもう二度と食べれないよ」

「それな。でも、俺の確固たる意志は出汁巻き卵じゃ揺らがねえ」

二十代で死にたい。男が言ったそれに、私は深く同意した。両親にそんなこと決して言わないけれど、本当はずっと思っている。私という荷物を抱えたままこの先を生きていくと想像すると、こんなにも簡単に死にたくなってしまう。

私が持つ感情や思考はどれもこれも厄介で、なんでこんな生き方しかできないんだろうと、何をしていても思う。変われないまま生きていく二十代は、あまりに長い。

「他人に振り回されて生きてくのだるいし。俺の人生なのに、規則も法律も邪魔ばっかしてくるじゃんか。酒飲んで美味いもん食って、好きな女に告白して、もう満足した！ってのを二十代のうちに終えたいわけ。そんで俺は死ぬ。誰の言うことも聞かず潔く死ぬ」

「ふうん」

「でもまだ俺は俺の人生に満足できてない。だから死ねない、残念なことに」

彼女もできないしよぉ、と男が口を尖らせる。

男と私はこの居酒屋の常連だ。いつから話す仲になったのか、いつから人生論を酒のつまみにするようになったのか。今ではもう記憶すら曖昧だが、きっとなにか私たちを繋ぐきっかけが落ちていたのだろう。はじまりなんてそんなもんだ。

「最近気づいたことあるんだけどさ」

「うん」

「私って、人を信じすぎてるんじゃなくて、信用してなさすぎるほうだったかもしんないんだよね」

なんとなく思い出した話題を振ってみる。店主と目が合ったので、ついでにビールと枝豆を追加した。

最近気づいた自分自身のこと。性格上、私は言葉に出されたものをすべてだと思い込みたくなる傾向がある。あのときこう言ってたから大丈夫だろうとか、今度ご飯行こうって誘われたけどいつになるのかなとか。誰かにとってはノリで呟いた言葉だったり、社交辞令だったり冗談だったりする言葉をひとつずつ拾って、事実にしたがる悪い癖。

人そのものは信用していないくせに、人の言葉には勝手に期待して、裏切られた気になってしまうから人間関係がうまくいかないのかもしれない、と最近ようやく気がついた。

「だからさあ、人に期待するのやめる。そんで前だけ向いて生きてみようかなって。どうせ長くてあと五年って考えるとできる気がして」

「おう、良いじゃん」

酒を介し、男と話しているうちに私はいつも様々な気持ちにたどり着く。

「死ぬまでの五年でさ、俺らあと何回死にたくなんのかな。ほんのり死にたいときも、ちょっと消えたいときも、本気で死にたいときもあるじゃん。でも死んだら俺っていう人生はそこで一旦終わっちゃうんだよな。そうなると、いつが本当の死に時かわかんねえ」

「うわー、たしかに」

「人生に満足する前にそんなんどうでもいいから死にたいっていう瞬間が来るとしたら、それって二十代で死にたい俺らにとって正解になんのかな」

ビール片手に考えたとて、正解など出てこない。アルコールが脳を麻痺させているおかげで、私たちはいつも肝心な答えにたどり着けないのだ。私たちがこの居酒屋以外で出会っていたら、今頃ふたりで空の上にいたかもしれない。

「まあでもさ、どうにもできなくなったら死んだふりとかしとく？」

追加したビールと枝豆がテーブルにどんと置かれる。ひとくち飲んで、「うま」と声が出る。

「次また死にたくなったら、抱えてるもの全部投げ出して、部屋で大の字になって目閉じてさ。スマホの通知全無視で、宅配便も居留守しよ。空腹に耐えられなくなったら生き返るとか」

「最終兵器、死んだふりってこと」

「そう。二十五歳とは思えないガキアンサー」

「間違いない。でもいいなそれ、すげーいい」

どうにもできなくなったら、死んだふりでもしておけばいい。

それを繰り返して、死にたがりな私たちは生きていく。

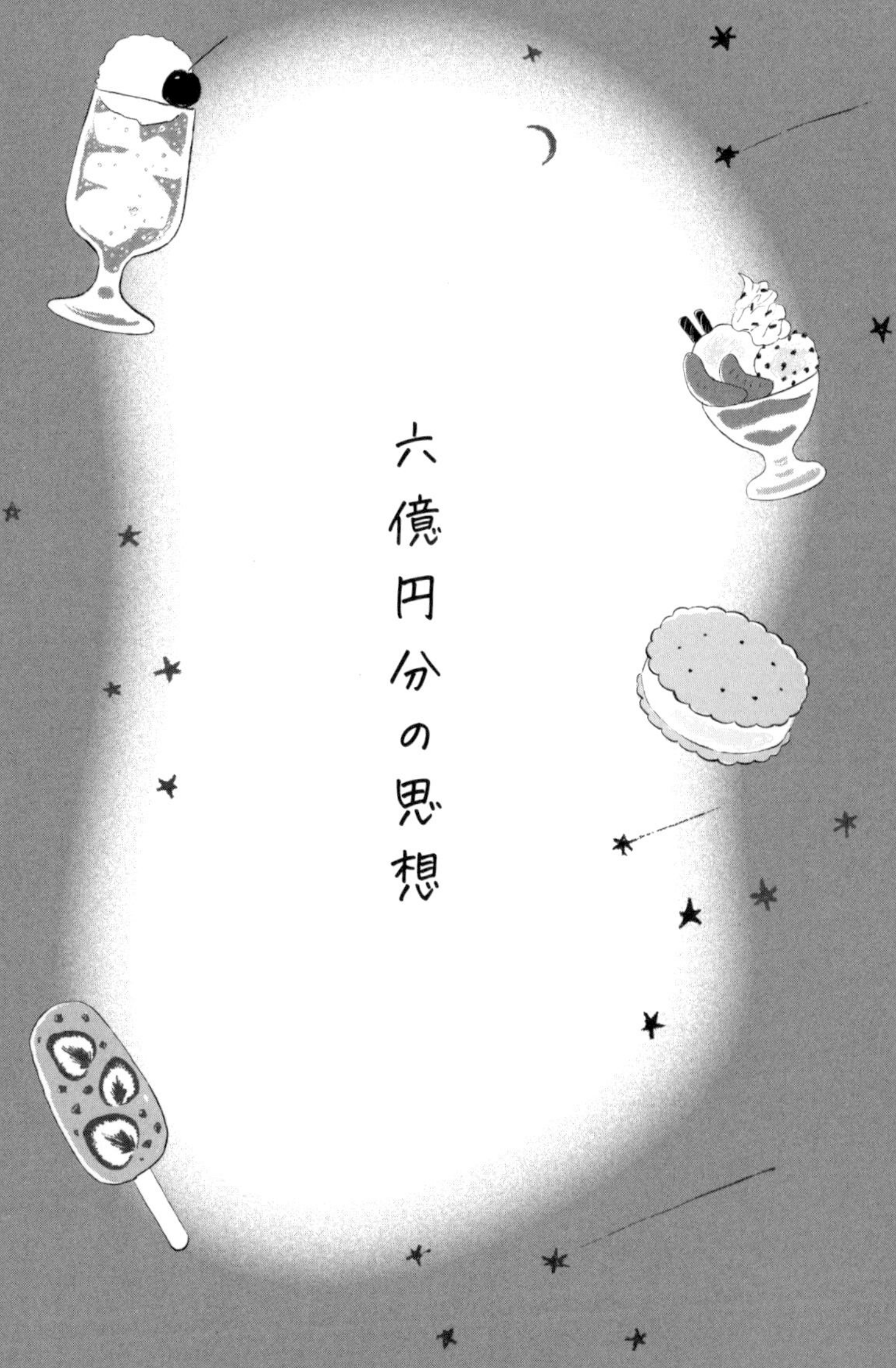

# 六億円分の思想

『一等六億、年末ジャンボ！　十二月二十二日まで！』

テレビから聞こえた宝くじのコマーシャル。こたつに包まって通販サイトを眺めていた私は、なんとなくその声に釣られてスマホから視線を移した。

一等六億、年末ジャンボ。

「そうだそうだ、宝くじ買わないと」

洗い物を終えた母が、独り言なのか私に話しかけているのかわからないトーンで呟きながらこたつに入った。伸ばしきっていた私の足がぶつかり、「伸ばしすぎ」と怒られる。

「また宝くじ買うの？」

「買うわよ。バラ十枚」

「どうせ三百円しか返ってこないって」

「やだ、買わないと当たらないのよ？」

母はことあるごとに宝くじを買いたがる。夏はサマージャンボ、秋はハロウィンジャンボ。

六億なんて当たったら、もう死ぬまで働かなくてよくなるし、奨学金は一括で返して、実家を出て広いマンションを借りて、なんでもない日に自分へのご褒美に何十万も使えるようにもなるだろうか。そんなのは、笑えるほど現実味がない。

再びスマホに視線を戻し、通販サイトのトップ画面を意味もなくスクロールする。欲しいものはこれといって思い当たらないのに、ウィンターセールにあやかって何かは買っておきたいと思ってしまうのは何故なのか。

セール価格の三千円で売られているダウンジャケットが目に留まる。定価は一万円。これだから通販はやめられないんだよなあ。そう思いながら、流れるままにそのダウンジャケットをカートに入れた時、ふと、先程母と交わした会話がよぎった。

一等六億、年末ジャンボ。バラ十枚で、三千円。

『買わないと当たらないのよ？』

そうは言っても、夢の見すぎだ。当たるかわからない宝くじと破格のダウンジャケットを並べたら、買うべきは当然、お金を払えば確実に手に入る後者だと思う。宝くじの当選者はたった数人。自分がそれほどの運を持っているとは到底思えない。

「どうせ無駄になるだけなんだよなあ……」

買わないと当たらない。それなら私は、当たらないなら買わない。

「ん？　なんか言ったー？」

寂しい呟きは、母の耳には届かないまま消えていく。

「ううん。平和だなって思っただけ」

「やだーなにそれ」

虚しい人間になってしまったな、と思う。

こんなふうになりたかったわけじゃないのに、いつの間にかこんなふうになってしまった。純粋さは失われ、夢を追う度胸も気力もなく、保身ばかりを考える。虚しいし、情けないし、つまらない。けれど、今更そんな自分の変え方もわからない。

ダウンジャケットをカートに入れたまま、私はスマホを閉じた。


「おつかれ津崎《つざき》ちゃん。まかない何にする？」

「あ。じゃあ辛味噌で」

「おっけー。好きだねえ」

大学を卒業したタイミングで新しく始めたラーメン屋のバイトは、駅近で交通費全額支給、まかない無料、短時間勤務可能、などとにかく働く上であまりにも条件が良かったので即決した。店長は三十代後半のちょび髭のおじさんで、いつも少し煙草くさいこと以外は特に嫌いなところが見当たらないし、プライベートにズカズカと踏み込んでくることもないから、バイト先の居心地は悪くない。

まかないができるまでの間で私服に着替え、荷物を持ってカウンターに座ると、ちょうど出来上がったようで、大盛の辛味噌ラーメンが目の前に置かれた。

いただきますと静かに呟いて、あつあつの麺を啜《すす》る。「美味いです」「あたりまえよ津崎ちゃん」「そうっすよねえ」慣れた会話を交わし、それから私は黙々と食べ続けた。

「そろそろ店のメニュー表新しくしようかなって思うんだ。ラーメンも、値上がりしちゃったしさ」

「はあ」

「でさ、津崎ちゃん描いてくんねーかな？」

辛味噌ラーメンを完食した頃、店長が思い出したように言った。この店のメニューは手書きで、店長の奥さん、改め奈都子《なつこ》さんの達筆な字の横に、ところどころにネコなのかイヌなのかわからない動物のイラストが描かれていたりする。時代に抗えず値上がりしたラーメンは、5を無理やり6に変えられていたりと、個人経営の店だから許されているであろう部分が多々あるのだった。確かに、そろそろメニュー表を一新したほうが良いかもしれない。

「津崎ちゃん、伝票の字とか綺麗でしょ」

そう付け加えられ、私はそれをやんわりと否定する。私の字が綺麗というよりは、この店で働いている女性が奈都子さんの他に私しかいないから、たまたま整って見えるだけだと思う。

「でも店長。奈都子さんのほうが綺麗では」

「達筆なのは確かだけどさ、ほら、ユーモア？がほしいっていうか」

「ユーモア」

「うーん、あとポップさとか？」

「ポップ」

復唱しないでよと店長が笑う。

「まあなんでもいいんだけどさ、見やすくてイイ感じになればいいわけよ。津崎ちゃん、大学んときデザイン系の学科だったんでしょ？」

「そんなの肩書きだけですよ……」

大学の学科なんて、実際は当てにならない。デザイン学科と言っても種類はたくさんあるわけで、映像を学ぶ人もいれば絵を学ぶ人もいるし、ファッションを学ぶ人もいるのだ。私はただ人より少し絵が得意だっただけで、これといって興味がある分野があったわけでもなく、なんとなくで大学を選び、なんとなくで講義を受けて、結局何も自分のものにできないまま卒単だけを死守して卒業した。

その結果が、四年制大学を卒業しただけのフリーターを生み出してしまったわけである。

「自由に作っていいからさ。お願いだよ津崎ちゃん」

基本的に、私は押しに弱い。大学時代にやっていたバイトでも欠員の代打は断れなかったし、高校時代はよく教師から雑用を頼まれていた。

全部、私じゃなくてもどうにかできることだったのに、都合が良いからと任されていた。

今、店長にお願いされていることもそのうちのひとつにすぎない。全部わかっている。わかった上で、押しに負けてしまう。

私という人間は、何をしても、どこをとってもしょうもない。

「……やるだけやってみます」

「ありがとう、まじで助かるよ」

私の人生は、同じことの繰り返しだ。

店長にバレないようにため息をつき、「ごちそうさまでした、お疲れ様です」と短く挨拶をして私は店を出る。冬の夜の冷たさが、痛かった。


大学二年生のとき、趣味で描いた好きな漫画のファンアートがSNSで数万いいねをもらった。元々記録のために細々と使っていただけのイラスト専用のアカウントは数日でフォロワーが五桁になり、過去のオリジナルイラストにもたくさんの反応をもらった。

【線が細くて良い意味で儚い】【色使いが天才】【まじで好み】など、高校時代、県の美術コンクールで優秀賞を取ったときにもらった講評よりもずっとわかりやすくてまっすぐな褒め言葉たちは、私に自信を与えてくれたのだった。

それからは、DMでイラスト関連の依頼が少しずつ来るようになり、お小遣い程度とはいえ金銭も発生するようにもなった。何を載せてもそれなりに拡散されて、良い反応をもらえる。絵を褒められることは、私そのものを認めてもらえているような気がした。描くことがとても楽しくて、あの頃の私にとっては趣味こそが生きがいになっていた。

順調だった。間違いなく、私の人生のピークはあのときだったように思う。

イラストの反響が思いのほか良くて、私はすっかり調子に乗ってしまった。このまま上手く波に乗れたら、就活なんてしなくてもフリーランスのイラストレーターとしてやっていけるだろう。卒業までに人気を安定させて、本業にしてしまおう。

大学時代にバイトしていたカフェを辞めたのは、「就職できなかった人」として見られることが嫌だったからだ。私は就職できなかったんじゃなくて、意志を持ってしなかったんだ。心の中では選んだ道に誇りを持っているのに、声を大にしてそれを人に言う勇気は、どうしてか持てなかった。

結局、店長にだけやんわりとその旨を伝えたとき「そんなの誰も気にしないよ〜。津崎さんがいてくれると助かるんだけど」と笑いながら言われた。誰も気にしていないことでも私が気にしているんです、とは言えず、「本業に力を入れたいので」と、まだ仕事と呼べるほどでもない趣味をそれらしく言って辞めた。

けれど、実際はそんな甘くはなかった。SNSで少しバズったくらいの私には、イラストだけで生活できるほどの収入はなく、日に日にアップするイラストへの反応も悪くなっていった。ピークは一瞬で過ぎてしまった。まるで一発屋だ。

就活をやめて絵に専念していた大学最後の年で、私の花は咲かなかった。結局、イラストではほとんどお金を稼げなくなってしまい、ただのフリーターになったのだった。

最初から、才能なんてなかったのかもしれない。そう思ったらモチベーションがなくなってしまい、SNSにイラストをアップするのをやめた。

来年は就職しよう。第二新卒ならまだ間に合う。いや、もういっそ中途でもいい。どこかの会社で正社員になって、せめてきちんと家にお金を入れよう。

それから私は今のラーメン屋でバイトを始めることにした。仕事が決まるまでの間、少しでも収入があったほうがいいに決まっている。半年間滞っていたSNSも、そんな気持ちから気休め程度に再び更新するようになった。

半年以上ろくに動かしていなかったＳＮＳだけど、久々に絵をアップすると、ぽろぽろと反応がもらえた。

ぽっかり空いていた部分が満たされていくような感覚があった。

これだ。本業にはできなかったけれど、私には絵があるから大丈夫。

自分の描いた絵が、そのとき、今までのどの瞬間よりも素晴らしいものに思えたのだ。


「あの、店長これ……一応、できたので」

「お！　早速ありがとう！」

三日後のことだ。休憩に入るタイミングで、お願いされていた新メニューの下書きを描いたＡ４紙を店長に渡す。特別時間をかけたわけではないけれど、頼まれたからには真面目にやらなければ、という使命感があったので、少しのユーモアとポップさを詰め込んで、全種類のラーメンと店長のイラストを描いた。

「これ全部描いたの？　すげー」

「いえ全然……」

一応謙遜してみたけれど、正直なところ、自分でもそれなりに手応えはあった。良く描けたと思う。面識のある人に褒められるのは久しいことで、うれしさからか気持ちがふわふわしていた。

「おつかれっす〜……てあれ、なんですかそれ？」

「あ、佐野《さの》くん」

何度も何度も褒めてくれる店長に、だんだんと恥ずかしさが募り始めた頃、ちょうど出勤した学生バイトの佐野くんがやってきて、店長の手元にあった用紙を覗きこんだ。

「津崎ちゃんがデザインしてくれた新しいメニュー。ラミネートしてテーブルに置く予定なんだけどさ、どうこれ、めちゃくちゃ俺に似てない？」

「うおーすげえ、似てるっつーか、可愛いっすね。癒し？的な」

「な！　やっぱ津崎ちゃん才能あるわ」

才能という言葉に敏感になったのはいつからだろう。人にはきっとそれぞれ、言われて嬉しい言葉があって、それは例えば「面白い」だとか「センスあるね」だとか、そういうものが一般的に多いのだと思う。私の場合は、「才能がある」だ。私は他とは違う、私は特別なんだと錯覚できるから。普通に就職できなくても、社会から必要とされなくても、私には絵があるから大丈夫だと、そう思わせてくれる魔法の言葉。

あ、と佐野くんが思い出したように声をあげる。

「なんか既視感あると思ったらあれだ。俺の好きな絵師さんに似てるんだ、津崎さんの絵」

——うまさは、才能と呼べるだろうか？

【この人の絵、うまいけどうまいだけって感じする】

好きな漫画のファンアートが拡散されてフォロワーが五桁になってから、構図もデザインもオリジナルで描いたイラストに、そんなコメントが来たことがある。言われてうれしい言葉のほうが圧倒的に数は多かったはずなのに、数える程度のマイナスなコメントにばかり意識がいくのはどうしてなのか。

うまいけどうまいだけ。それは言い換えると、私の絵には個性がないということだ。

アンチとも言い切れない、的確なそのコメントはあっという間に埋もれて見れなくなったけれど、私の記憶には残り続けていて、現に今、こうして思い出してしまった。

「……またそれ」

「ん？」

「……いえ」

絵なんて、頑張れば誰でも描けるものなのかもしれない。私は所詮誰かの二番煎じで、絵を上手に描くスキルがあるだけの、大勢の中のひとりにしかなれない。忘れていたわけじゃない。何万人ものフォロワーと、見知らぬ人からもらえるいいねで錯覚して、気づかないようにしていただけだ。

「その絵師さん、めちゃくちゃ綺麗でうまいんですよ。店長も見ます？」

「えー見たい。どれ……――」

だめだ、私は。うまさはきっと、才能とは違う。

「あの、やっぱりこれ書きなおします」

「えっ、なんで？」

「いやなんかこことかほら、ちょっと気に食わないっていうか。それになんか文字も見えづらいような気もしてきたしよく見るとこの店長もあんまり似てないし」

「え、ちょ、津崎ちゃん！」

店長の手から紙を奪い、乱暴に鞄に詰め込む。混乱する店長と、唖然とする佐野くんとは目を合わせられなかった。

「てかやっぱ、私のこんな絵より奈都子さんに綺麗に描いてもらったほうがいいと思うんです。じゃあ、あの、休憩いただきます」

鞄の中で紙がぐしゃぐしゃになってしまうことも、この場に変な空気が流れていることもどうでもよかった。

店を出た私の目からは、涙がこぼれていた。

どうして私は、いつも自分を過信してしまうんだろう。誰でもできることを、自分しかできないことだと勘違いする。すぐ調子に乗って、あとから後悔する。私の人生はいつもそうだ。いつだって、後悔してからじゃないと、自分の愚かさに気づけない。

「あれ、梨帆《りほ》？」

乱暴に涙を拭ったとき、ふと声をかけられた。顔を上げると、そこには高校時代行動を共にしていた同級生の灯里《あかり》と未央《みお》がいて、「久しぶりじゃん！」と駆け寄ってきた。

誰にも会いたくないときに限って知り合いと遭遇してしまうのは、意地悪な神様の気まぐれだろうか。

「あー、えっと」

「なによぉ。なんかよそよそしくない？」

「や、全然……久しぶり」

ふたりと会うのは一年半ぶりだった。大学時代は定期的に連絡を取り合って顔を合わせていたけれど、就職活動の時期に入ってからなかなか三人の予定が合わなくなり、そのままだんだん疎遠になってしまっていたのだ。ＳＮＳはかろうじて繋がっているから、ふたりがきちんと就職して社会に馴染んでいることは知っている。そして、高校時代は三人で仲良くしていたのに、いつの間にかふたりだけがどんどん仲を深めていたことも。

疎遠になり始めた頃、ＳＮＳで何度もふたりで遊んでいるストーリーを見た。いつから、私のことは誘わなくてもいいという解釈になっていったんだろう。いつから、私だけが置いていかれるようになったんだろう。ふたりは何も気にしていないのかもしれない。高校のときから、ふたりと私とでは価値観が違うと感じることはあったから、それが大人になって露呈しただけかもしれない。

久々に会って気まずさを感じているのも、ふたりの様子を見る限り私だけだ。

「梨帆って今何してんの？」

「……え」

「ＳＮＳ全然更新しないじゃん？　だから就活どうだったんかなって、未央と話してたんだよ」

なんでもないように言われ、私は言葉を詰まらせた。適当に誤魔化せばいいだけなのに、うまい言葉が見つからない。

「絵……を、描いたりしてて」

「絵？　イラストってこと？」

「えっと、うん……まあ、ちょっとだけ」

ちょっとだけ。本当に、謙遜でもなんでもなく、「ちょっとだけ」だ。自分で言って虚しくなる。堂々と言えるくらい、自分に才能があったら。こんな実績でイラストレーターになろうとしていたことが恥ずかしい。

「えーすごいじゃん！　それで生活してるってことでしょ？」

実家暮らしだけど、とは言えない。

「ああいうのって、副業くらいでやるのが普通なのかと思ってた。梨帆すごすぎ。才能ないとできないって。いいなー」

就活しようと思っている、とは言えない。

「今度ゆっくり聞かせてよ。また予定合わせよ！」

「……うん。また」

きっともう、私がふたりと予定を合わせて会うことはない。手を振って帰っていくふたりの背中を見送りながら、そう思った。


——調子に乗っていた。

人よりうまく絵が描けるだけ。たった一回、描いた絵がＳＮＳでバズっただけ。ちょっとフォロワーが多いだけ。

過去の自分が描いた絵を見返しながら、そのことを実感して悲しくなる。

少し褒められただけで認められたような気になって、不定期でくる依頼に期待して、これからどんどん増えていくんだろうと恥ずかしい勘違いをした。

休憩室に戻り、鞄の中から雑に入れたメニュー表を取り出して、ぐしゃぐしゃに丸める。ちょうど煙草を吸いに外に出ていた店長が、そのタイミングで休憩室に入って来て、「え⁉」と驚いたように声をあげた。

「ちょ、ちょっと津崎ちゃん⁉　せっかく描いたやつじゃん！　何してんの！」

「っ店長にはわかんないですよ！」

生きていることが恥ずかしい。消えてしまいたい。自分がみじめでしょうがない。

「へたくそなんです、こんなの……私じゃなくたって、描けますから」

うまいだけで個性のない自分の絵で食っていけるほど、この世界は甘くない。自分にはそんな才能がないことも、本気で打ち込めるほどの覚悟もないことも、本当は知っている。

二十四歳、冬。

同い年の友達はみんなあたりまえに週に五回仕事に行って、時々同期と飲みに行ったり、有休を取って旅行したり、恋人と同棲を始めたりしているのに、私はバイトで、実家暮らしで、才能がないくせに絵を描いている。

「私なんにもないんです。才能も覚悟も、なんにもない……」

「そんなこと……」

「もう二十四なのにバイトだし、ひとりで暮らせるほどの生活力もないし、期待ばっかりして絵には本気になれないし、最悪なんです、私って。このまま生きてるってどうなのかなとか、思うし」

たかがバイト先の店長に言うことじゃない。わかっているのに、一度爆発した感情は抑えきれなかった。意思に反し、情けないほど次から次へと溢れてくる。

「……恥ずかしいです、自分のこと、全部が」

自分の生き方も思考も存在も、恥ずかしいと思った。もうやめよう。何も持っていない自分が恥ずかしくなって、消えてしまいたいと思う気持ちばかりが募るくらいなら、自分の絵に期待するのも、絵を描くことも、全部終わりにしてしまおう。

「俺は好きだけどなあ」

店長が言う。曇りのない、やさしい声色だった。

「つーか、好きなことやるのに覚悟とか才能とかいる？って俺は思っちゃうけど」

「そんなの……」

「好きなら好きなだけ描けばいいだけじゃね？　俺だって、別に才能も覚悟もなかったけど、ラーメン好きだから店開いてみただけだしさあ。まああと、新卒で入った会社が鬼ブラックで、誰の下にもつきたくないって思ったのもあるんだけど。そんくらいでなんでもチャレンジしたっていいじゃんね」

ぼろぼろとこぼれた涙が、しわくちゃの紙に描かれたラーメンの絵をにじませていく。

才能も覚悟も別になくていい。それは、自分ではたどり着けなかった選択肢だった。

「けどまあ、あれだな。恥ずかしいとか消えたいとか、そういうのは思わなくていいと思う。なにかを選んだり失敗したり後悔したりさ、そういうの全部、生きてないとできないことだから」

そう言うと、店長は私の手元からぐしゃぐしゃになったメニュー表を奪い、「コピーしたらいけっかな？」と独り言のように呟いた。

「津崎ちゃんアイス食べる？　冷凍庫にあるんだけど」

脈絡のない提案に、「なんでですか……」と純粋な言葉が出る。

「いや、泣いてるし。アイス食ったら泣き止むかなって」

「私二十四ですよ」

「そんなの関係なくねー？」

あたりまえみたいに言ってのけた店長が、冷凍庫からチョコレートアイスを取り出し、私の前に差し出した。

「今日のまかないね」

半分泣きながら食べたアイスは、今まで食べた中で一番やさしい味がした。


「昨日、情けないことばっかり言ってしまってすみませんでした」

「いいって。俺も適当なことばっかり言って悪かったなと思って」

「適当だったんですか？　結構響いたのに」

「俺の座右の銘ですから」

「もう遅いです見栄はらないでください」

翌日。出勤してすぐ謝ると、店長は笑いながら「だからお互いさまだな」と言った。

「メニューの件なんだけどさ。津崎ちゃんが考えてくれたやつ、俺はやっぱりすげー
いいと思ってんだよね。だからもしよかったら、使わせてくんねえかなって」

店長は、それ以外は何も聞いてこなかった。普段からプライベートにズカズカと踏み込んでくる人じゃないからこそ、たかがバイトの私のことも、こんなにも気遣ってくれる。昨日だって、あんなふうに泣いたのに、無理に話を聞きだそうとはしなかった。

このラーメン屋をバイト先に選んでよかったと、心からそう思った。

「……嫌とかじゃないんです。ただ、私の問題で」

その日、初めて私は店長に自分のことを話した。聞かれたから、ではなく、知ってほしいと思ったのだ。仕込みをするときはいつも店長の話に相槌を打ってばかりだったので、こんなふうに自分のことを話すのは少し変な感じがした。

絵が人より少しよく描けて、趣味であること。だけど就活では思うように活かせなくてフリーターにならざるを得なかったこと。誰かに認めてもらいたいけど、個性も才能も夢も覚悟もないこと。生きていくことへの不安と、自分の人生に対する羞恥心について。

「なんか、生きてんだね津崎ちゃんも」

「え、生きてますよ……え？」

「いやなんつーかさ。俺は津崎ちゃんのこと全然知らねーけど、こんなに人間らしいとこあったんだなあって」

あたりまえのことだけどね、と店長が笑う。ただの情けない日々のことを「人間らしい」と言われるとは思っていなかったので、なんて返事をするのが正解なのかわからなかった。

「これって多分、きっと大人がみんな言うことなんだけど。若いうちしかできないことってたくさんあってさあ、できるうちにやっておかないと勿体ないと思うんだよ。やりたいこと好きなようにやって、うまくいったりいかなかったりで悩んでさ。そういうのをたくさん経験するのって、多分今しかできないことだから」

「そうでしょうか」

「うん、まあ少なくとも俺はそう思うかな。だからさ、そんな自分のこと責めないであげてよ」

私は、このままで生きていくことが正解だとは到底思えない。自分のことは好きになれないし、人生におけるすべてが中途半端な気がしてならない。

けれど、そんな毎日でも生きていれば、こんな自分のことを褒めてくれる人や、優しさでまるごと受け入れてくれる人と出会えたりもする。

「新しいデザイン、描き直します」

「ホント？　あ、でも、無理はしないで」

「いえ。やっぱりあんまりあの店長似てなかった気がするので。明日持ってきます」

うわー楽しみだなあ。店長はそう言って笑った。

「ささ。そろそろ店開けるから、津崎ちゃんテレビつけてくれる？」

「はい——あ、」

「ん？」

店長に言われてつけた、店のテレビ。見覚えのある俳優たちが、聞き覚えのある台詞を言っている。

——一等六億、年末ジャンボ。十二月二十二日まで！

「……年末ジャンボ、買って帰ろうかな」

「へえー意外。津崎ちゃん宝くじとか買うんだ」

「今初めて買おうと思ってるとこです」

買わないと当たらない宝くじ。生きてみないとわからない人生。

「六億当たったら、高いダウンもセール待たずに定価で買えますかね」

「買い放題っしょそんなの」

「うわー、いいなあ。六億当たったらもう働かなくてよくなるのかなあ。良い家に引っ越してひとり暮らしとか、エステに通うとか、そういうのも普通にできちゃうんだろうな」

「ホント、夢があるよな。俺も宝くじ買おうかな」

後悔だらけの日々のことも、何もできない自分のことも、今なら少し、ほんの少しだけ、好きになれそうな気がした。

# 致死量の白湯を飲む

沸騰したてのお湯は当然のごとく熱湯だった。自腹で買った四千円の電気ケトルは温度の調整ができないので、いつだって平等に百度の湯が沸かされる。白湯が飲みたいとき、どのタイミングで飲めばいいのか、私は未だにわからない。文明は進化したけれども、生活における不便さは有り余るほどある。

ユニクロで一万円以上買うともらえたノベルティのステンレスマグカップには保温機能があり、沸騰したお湯が飲みやすい温度に変わるまでは少なく見積もっても十分かかる。

私はスマホをいじりながら、湯の温度が下がるのを待っていた。

二十代のうちにやってみたいことがたくさんある。それは例えばコーヒーの勉強だとか、編み物だとか、動画投稿だとかである。良いカメラを買って散歩にでたり、ホームベーカリーでパンを焼いたりもしてみたい。

何から揃えようか、何から挑戦してみようか。初心者におすすめの本やそれぞれの必要経費を調べていると、時間はあっという間に溶けていき、結局何も始められないまま一日が終わることが多い。私の休日はその繰り返しだ。

【何鍋にする？】

今晩家に遊びに来る友達からＬＩＮＥが返ってくる。【今日空いてない？　寒いから鍋せん？】と、今朝弾丸で決まった予定。社会人になってから、友達と予定を合わせようとするとなかなか合わないのに、ダメ元で当日に予定を聞いてみると意外と合うことが多い。前々から計画して会うのももちろん良いけれど、こういうふうに急に予定が決まるのもまた、わくわくして良い。

あごだしか、ミルフィーユか、もつ鍋風か。最近TikTokで見つけて気になっていた、味噌バターコーン鍋もよい。今やレシピ本がなくたってＳＮＳでなんでも情報が手に入るから、味は選び放題だ。

【辛いのがいいかも】

【チゲ？】

【こないだTikTokで担々麺風みたいなの見つけた】

【GOODすぎかも】

【休みだから具材こっちで揃えとく】

【感謝しごおわ爆速で向かいマス】

今夜は担々麺風鍋に決定。面倒にならないうちに買い出しに行こうと心の中で決め、ようやくちょうど良い温度まで下がった白湯を飲む。体の内側からじわじわと温められていく感じ。落ち着いて、ほっこりする。

熱湯が白湯に変わるまでの時間で、私はいつもいろんなことを考える。暇なのではない。ただ、人より考える時間が多いだけだ。何かを始めるには、まずは自分のことを知る必要があるから。なんて、何も始められない今日には誰に言うわけでもない言い訳を用意する。

毎日同じ時間に起きること。人と会うこと。言い訳を考えること。白湯を飲み、自分を見つめ直すこと。

そうして日々を繰り返していると、時々変化が訪れたりする。

死ぬまでの間に、あとどれくらい私という人間は変化するのだろう。

今日は、鍋の買い出しがてら、コーヒー入門の本を買いに本屋に寄ってみよう。そうだ、そうしよう。

今日はスローペースで一歩前進。この日常はきっと無駄じゃないから。

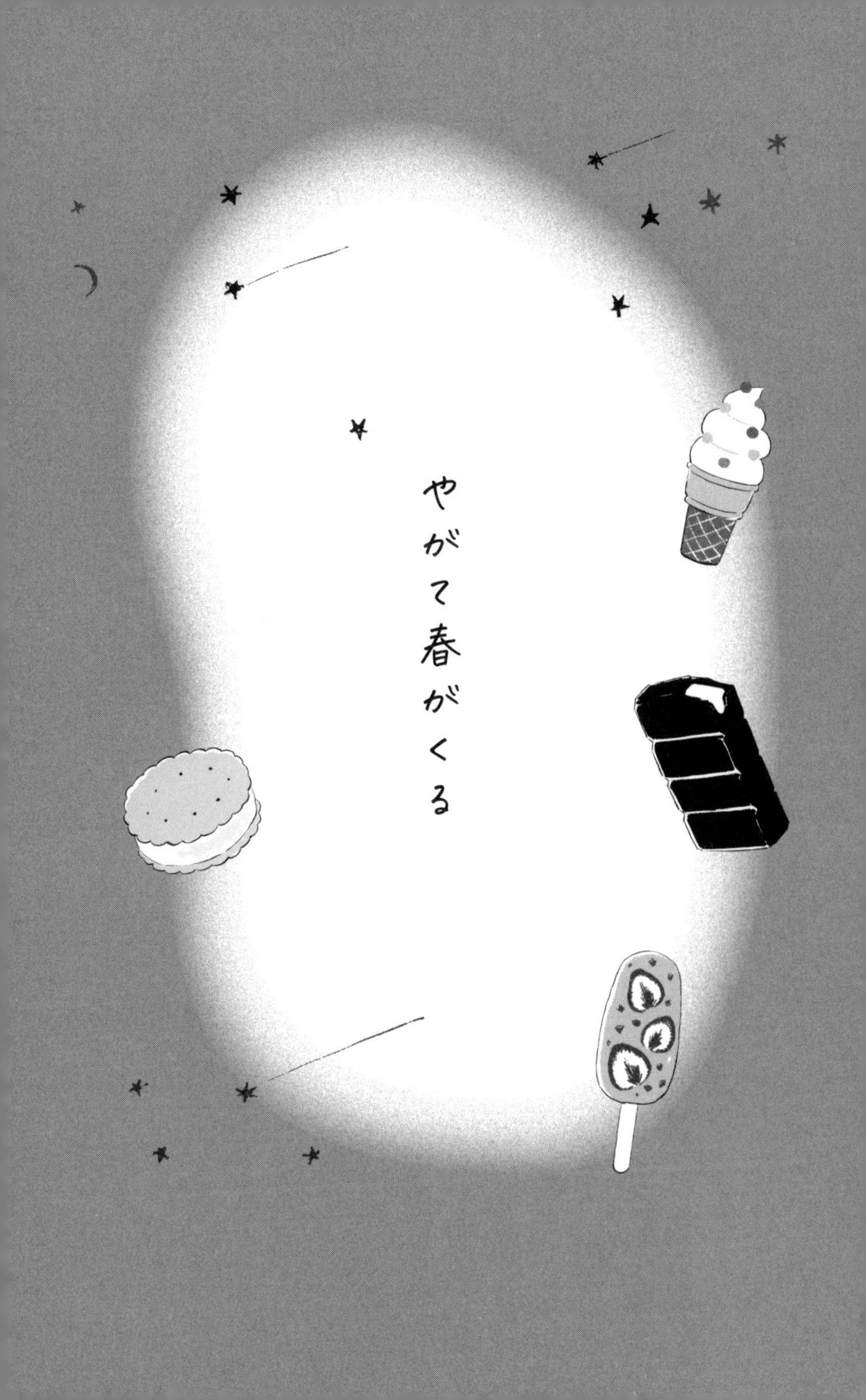
やがて春がくる

ファミレスで夜ご飯を食べながらインスタグラムを見ていたら、高校時代の同級生が結婚したことを知った。〃婚姻届〃の文字にサイズの異なる指輪がふたつ置かれた写真はありきたりでよく見かけるものだったが、それすら私には眩しかった。

「ねえ。なんか、知り合いが結婚したっぽい」

向かいに座る同僚のるきちゃんに、たった今仕入れたばかりの情報を振る。彼女はハンバーグステーキにナイフを入れながら、「まじでぇ？」と興味深そうに返事をした。

「藍《あい》ちゃんと同い年の子？」

「そー。でもこの子は短大出てるから、社会人歴は私らよりちょっと長いよ」

「ああ、そっか。職場内恋愛とかなんかな」

「や、高校から付き合ってた。そのときからずっと仲良しなんだよねこのふたり」

「がちでぇ。いいなあうらやましい。今の年齢での結婚は理想的すぎるし」

「ね。確かに」

金曜日の夜のファミレスは少し混んでいた。残業を終えて私たちが会社を出たのが二十時。お酒が苦手なるきちゃんと外食するときは、だいたいいつも会社の最寄り駅の近くにあるこのファミレスが選ばれる。

新婚の同級生に【結婚おめでとう】と流れ作業のようにDMを送る私に、「てかさ」とるきちゃんが開口した。

「藍ちゃんは結婚とか考えてないの？　今の彼氏さんとかさ。前見かけたときめちゃくちゃ良い人そうだったけど」

「あー……、私昨日別れちゃったんだよね」

「えぇん……なにそれ言ってよぉ……」

るきちゃんが申し訳なさそうに眉を下げていたが、彼女が謝ることなんて何もない。別れたのは私だし、るきちゃんに伝えそびれていたのも私だ。

「……振られたんだよね。藍って俺のこと本当に好き？ってさ」

少しだけ、自分の声が震えている。気を抜くと泣いてしまいそうだった。

「あれ？　なんかそれ前の彼氏もそんな感じで別れたって言ってなかった？」

「うん。……自分なりに伝えてきたつもりだったんだけど」

——俺のこと、本当に好き？

これでいったい何度目だろうか、その疑問をぶつけられたのは。

「まあでも、もう終わったことだから」

「本当に？　無理してない？」

「大丈夫。それよりるきちゃんに見せたいのあってさ——……」

言葉にしたら思い出ごと蘇ってしまいそうで、私は必死に涙をこらえ、別の話題を振った。るきちゃんは、それ以上元恋人のことについて聞いてこなかった。

昨日まで恋人だった人とは、大学を卒業するタイミングで告白されて付き合うことになった。私たちは選択していたゼミが同じで話すようになり、それなりに仲が良かった。

当時私はバイト先の先輩と付き合っていたこともあり、知り合った当時はまだ、ただの友達だった。けれど、大学四年の夏、私が先輩と別れると、友達だったはずの彼から好意を向けられていることを知った。この人は私のことが好きなんじゃないかと内心少し疑っていたので、彼氏と別れたタイミングで距離を詰めてきたとき、それは確信に変わった。

卒業式で、「このままいつか疎遠になるのは嫌だから」と、そのとき初めて彼の好意を正面から受け、好きだという言葉をもらった。うれしかった。気持ちがふわふわしていた。

彼のことは友達としてしか見たことがなかったけれど、人の気持ちは変わるものだから、付き合っていくうちに好きになっていけばよいと思っていた。そうして付き合うことになった彼と私は大学の卒業から昨日までの約二年間、恋人関係にあった。

けれど今はもう、友達ですらない。

恋愛をしているときの私は、いつも突然ひとりになる。それも振られてばかりだ。

もう来年は二十五歳になってしまうし、早く結婚して子供がほしいのに、人生はなかなか思い通りには進んでくれない。

『ねえ、藍って俺のこと好き？』

『好きだよ』

『……それって、本当に俺と同じ〝好き〟？』

記憶が鮮明だった。最後に恋人と会った夜、彼はまるで軽蔑するような目で私を見つめ、言ったのだった。

『藍といるとしんどい』

だからごめん、別れて。そう告げられたとき、正直「またこれか」と思った。

『しんどいって何が？』

『俺だけが好きなんじゃ意味ないんだってわからされるっていうか。俺は藍とずっと一緒にいたいって思ってるけど、多分藍はそうじゃなかった』

『俺だけがって何？　私だって好きだって思ってるよ』

『藍と俺の好きは違う。全然、同じじゃねえよ』

はっきりと言い切られる。どうしてそっちが泣きそうなの。泣きたいのは振られた私のほうだ。きちんとあの場でそう言えたらよかったのに、涙が流せなかった私には、とてもじゃないけど言える言葉ではなかった。

『意味わかんない』

『……一緒にいればいるほどしんどくなる。だからもういい』

良き友達だった彼に告白されて、恋人になって、二年もの時間を共にした。彼の隣は心地良かった。用事がなくても連絡ができたし、誕生日やクリスマスはあたりまえに一緒に過ごしてくれた。なんとなく寂しい夜は終電に乗って会いに来てくれたり、何もない日にケーキを買ってきてくれて一緒に食べたりもした。それは私が受け取るばかりじゃなくて、きちんと同じだけのことを返してきたつもりだった。

『どうせ誰でもよかったんだろ?』

『そんなこと……』

『ないって言い切れんの? 藍、俺じゃないとだめな理由言える?』

今まで私たちが紡いできた時間や行為は、好きだからこそ、恋人同士だからこそそのものだった。

そう思っていたのは私だけだったのだろうか?

『……でも私、結婚だってしたいって思ってたんだよ』

『……はあ。そうやって悲しそうな顔するの得意だよなお前。ひとりになりたくないから俺を利用してただけのくせにさ』

『……ちょっと待ってよ。なんでそんなこと言われなきゃなんないの? 勝手にわかったように言われても困るんだけど』

『別れるときは言いたいこと言い合ってからのほうがいいって言ってたのお前だろ』

彼と付き合う前の恋人と別れたとき、私は一方的に振られるばかりで、言いたいことはひとつも言えないままだった。しばらくもやもやして鬱陶しかったので、次からはそれだけは避けたくて、彼と付き合うとき、「もし私たちが別れることがあったら、思ってることは言い合ってからさよならしよう」と伝えていたのだった。

『わかった。そのときがこないように頑張るわ』

そう言っていた彼との過去のもしも話は、現実になってしまったみたいだ。

『そうやってこれからも愛想振りまいて騙して彼氏作ればいいじゃん。俺みたいな単純な男ならすぐいけるでしょ。お前、顔はいいんだし』

『待ってよ、私は……』

『どうせお前はこれからも同じこと繰り返すんだろうな。まあいいんじゃない？　俺にはもう関係ないし。寂しいやつだとは思うけど』

『はあ？』

『誰にも本気になれないの、かわいそ』

心臓を刺された、気がした。

『じゃあな。もう二度と会わないから安心しろよ』

私の言葉を待たず、彼はそう言うと私の前からいなくなってしまった。

言葉を待たれたとて、きっと私は何も言えなかっただろう。

私たちは同じじゃなかった。違う価値観で、感覚で、私はそれに気づかないまま一緒にいただけだった。

——誰にも本気になれないの、かわいそ。

その夜は、もやもやしてあまりよく眠れなかった。


帰宅すると、部屋はとても静かだった。ひとり暮らしをしているのだからあたりまえのことなのに、暗くて冷えきった自室は憂いを帯びている。寂しい、と思った。それと同時に、今この瞬間、「寂しい」と言える人がそばにいないことがもっと私を虚しくさせる。

静寂と寂しさを誤魔化すように、すぐに暖房とテレビをつけた。普段はスマホでYouTubeばかりを見ていてテレビをつける習慣がすっかりなくなっていたので、番組表を見てみても、どのチャンネルも知らない番組ばかりだった。

適当にメジャーそうなチャンネルに変えると、「ひとりが好き」な俳優たちが自身の生活や価値観について赤裸々に話すトーク番組がやっていた。俳優の中には私と同世代の女性もいて、繰り広げられるおひとり様トークに花を咲かせている。

『結婚願望もありますけど。でも、それがゴールではないかなって思うんですよ』

上着を脱ぎ、仕事の荷物を片付けながらテレビに耳を傾ける。ひとり暮らしを始めてからは生活のＢＧＭになってしまっていたテレビの音が、その日はやけにクリアに聞こえた。

『人とやるほうが楽しいこととか、誰か一緒にいてくれたらなって思うこともちろんありますよ。でもそれってひとりだから気づけるっていうか、ひとりだからこそできることのほうが圧倒的に多いし』

本当にそうだろうか？　私にもいつか、本当にそんなふうに思えるときが来るのだろうか？　人はひとりでは生きていけない。だから人を求め、求められたいと感じるのではないか。

『学生時代、無理やり周りに合わせたり無意識で見返りを求めてしまっていた頃より、大人になってからの自分のことのほうが好きになれた気がします』

画面の向こうで話している人たちは、私とは違う生き物だ。それなのに、まるで自分に語りかけられているような感覚になってしまう。

――誰にも本気になれないの、かわいそ。

元恋人に言われた言葉が胸を突き刺す。

『でもこれって結局個人の感覚なんで。人といることが好きな人にひとりでいることを強要する気はないし、だからこそ、ひとりでいたい私に人といることを勧めないでほしいんですよ。今の私の人生においては、ひとりでいることが解だったんだって、思ってます。これから変わることもあるかもしれないですけど、とりあえず今は。友達にも家族にも恵まれてるなあって思うので』

自分にとっての「解」はいったいなんだろう。

こんなにも自分について考えたのは、今まで生きてきた中で初めてだった。

自分という人間について。自身の恋愛観や感覚について。

考えれば考えるほど、私という人間のことがわからなくなっていく。

私にとって恋愛は、あたりまえにそばにあるものだった。

人に好かれ、好きになる。友達同士じゃできない直接的な体温の共有も、簡単に人に言えない悩みや弱音を吐くことも、恋人だからこそできることだ。できることなら早く結婚したいし、子供もほしい。

そうだ、私は、簡単に切れない縁がほしいのだ。

長すぎる人生をひとりで生きていくのは、怖いし、寂しいと思う。だから、私を好きになってくれる人のことはできるかぎり知りたいと思うし、好きになっていきたい。

彼の言う通りなのかもしれない。

私は、ひとりでいたくないから自分に向けられる恋愛感情を利用しているだけだ。やさしくするのは、自分が窮地に立たされたときに手を差し伸べてくれる人が多ければ多いだけ安心するから。優しくした分はいつか返してね、と、そういう図々しさが私の中には潜んでいたのかもしれない。

気づきたくなかった。二十五歳を手前にして、自分の弱くて愚かな部分を人に指摘されるのは、恥ずかしくて情けない。

――誰にも本気になれないの、かわいそ。

どうしたらいいんだろう。私は、どうしたら良かったんだろう。

これまで付き合っていた人たちは、私のそういう傲慢さに気づいていたのだろうか？　結局は自分のことばかり考えている私に愛想を尽かして一緒にいることをやめようと思ったのだろうか？

ひとりでいたくないからと選んだことで、私はひとりになっている。

私はずっと孤独だったのかもしれない。可哀想なのは、本気になれない私ではなく、見返りを求めることでしか心の安定をはかれない私だ。

怖くなった。この先も、見返りを求めながら人と関わって生きていく人生が死ぬまで続くと思うと、恐ろしかった。

ブーッとスマホが短く振動する。通知を確認すると、数分前に別れたばかりのるきちゃんからのＬＩＮＥで、【ねえ家帰ってきたら冷蔵庫にお母さんから肉じゃがの差し入れあったんだけど量エグくて死ぬ】というメッセージと共に、三日は軽く持ちそうなくらいの肉じゃがの写真が送られてきていた。

通知を見て、無性に泣きそうになってしまった。るきちゃんからのＬＩＮＥなんて日常茶飯事で、さらにはつい数十分前まで会って語りつくしたはずなのに、彼女の存在がとてつもなく恋しくなる。

衝動的に、私はるきちゃんに電話をかけた。二回のコールですぐに《どしたぁん？》

とゆるい声が聞こえ、その瞬間にはもう、私は泣いていた。
「るきちゃん～……」
《え何、藍ちゃんどした！》
「ちょー寂しいんだけど今日そっち泊まってもいい～～……⁉」
《来な来な！　つまみに肉じゃが大量にあるよ！》
るきちゃんの声に頷いて、電話は繋いだまま脱いだばかりのコートを羽織り、再び彼女に会いに家を出た。
「テレビつけたらひとりでいたい女たちがめちゃくちゃ喋っててさ」
《ねえそれあたしも今見てた。早く結婚したいとは思うけどさ、結婚が正解ってわけじゃないのかもねーやっぱ》
「そんで私、めちゃくちゃ虚しくなったの。私ってホント、ただ人といたいだけの恋愛脳っていうか」
《まって死ぬ……自分のだめなところに自分で気づくのいちばんキツイ。でも藍ちゃん安心して、あたしのことはいくらでも求めていいから。もっと必要として？》
るきちゃんの言葉が、私に刺さっていた棘をどんどん抜いてくれる。

《藍ちゃんはさ、多分、人を拒絶できないんだね》
一通り私の話を聞き終えたるきちゃんが言う。
「どういうこと？」
《ひとりになりたくないんだよね？　だから、人からの好意を拒絶できなくて、断る理由がないから受け取っちゃう。それで、藍ちゃんやさしいから、好きになろうとして努力するんじゃん？　でも彼氏くんからしてみれば同情されてるみたいでしんどかったんじゃないかなあ》
人に好かれるとうれしい。たくさんいる中で私を選んでくれて、勇気を出して告白してくれた人を、断る理由がないのに断ってしまうのは可哀想だ。
《藍ちゃんはやさしいよ。でもそれって結局エゴっていうか、藍ちゃんのこと本気で好きな人からすれば、そのやさしさは痛いんだろうね》
「エゴ……」
頭の中で、るきちゃんや元恋人から言われた言葉たちが渦を巻いている。
何が正解かわからなくなった。これまでの私だったら、別れた人からもらった言葉を引きずったりしないのに、どうしてか脳内にこびりついて離れない。

《藍ちゃんさ、もしかして恋愛向いてないのかも》
「この年齢で恋愛向いてない説浮上するのは流石に笑い事じゃないんだけど……？」
《あはは、いいじゃん！　生きてるってことじゃん！　でも普通にその男言い過ぎだから呪っていいよ！》
その日のるきちゃんは、どういうわけかいつもより楽しそうだった。
《てかこの話あとでゆっくり語ろうよ。今から会うのに電話で語るの勿体ない！》
るきちゃんと電話を繋ぎながら駅をめざす。気づいたばかりの自分の情けない部分を晒してもいいと思えたのは、るきちゃんだからだ。誰でもいいわけじゃない。この話をするのは、るきちゃんじゃないとだめだった。
『俺じゃなきゃだめな理由言える？』
元恋人に問われた言葉の意味が、このとき初めてわかったような気がした。あのとき私が彼に何も言い返せなかったのは、彼じゃないとだめな理由がなかったからだ。今私が、会って話したいのがるきちゃんであることのように、あのとき彼は、私が彼を好きであることに明確な理由が欲しかったのだと思う。
誰でもよかった。物理的に寂しさを埋めてくれたのが、たまたま彼だっただけだ。

失礼なことをした。今更思ったところで、もう遅いのだけど。

私はしばらく、恋愛と生活を離してみるほうがいいのかもしれない。

「るきちゃん、まじでありがとね」

寂しいときに寂しいと言う。感情のまま会いに行く。

恋人じゃないとできないと勝手に思い込んでいたその行動を、私は今、職場の同僚に向けている。

心を満たすのは、恋愛じゃなくてもいいのかもしれない。

人生は、恋愛がなくても成り立つのかもしれない。

今日だけで色々な気づきを得た。人生は全く思うようにはならないが、思いがけないことで軌道が修正されたりもするみたいだ。

《ぜんぜん？　肉じゃが消費困ってたし！》

「ふ。そっか、そだよね」

《そうだよぉ》

電話越しにるきちゃんが笑う。表情まで想像できてあたたかい気持ちになった。

《しかも実は帰りにアイス選びきれなくてふたつ買っちゃってたからさ〜、藍ちゃん

来てくれるの助かる。来年は絶対痩せるから》
「るきちゃんそれ去年も言ってたよ。私もアイス買ってから向かうからふたつ食べなよ」
《これ以上太ったら藍ちゃんのせいにしますけど》
「はい人のせいにしな〜い」
電話で同僚と笑い合いながら駅をめざす。
冬の夜風は冷たくて痛い。けれど、嫌いじゃなかった。

# 願わくは夜のどこかで

「……え、有線でこのバンド流れるんだ」

バイト先の有線は、月に一度更新される。音楽チャートのトップ100に入っているであろう流行りの曲が次々に流れる中、稀にマイナーな曲が流れるときがある。有線のプレイリストがどのように決まっているかは知らないが、もし運営側で選べるものなら、同じ趣味の人がいるということだ。私はひとりではないと、微かな安心感に包まれる。

今流れているのは、もう解散してしまった大好きなバンドが最後に出したＥＰに入っている曲だ。思わずこぼれた独り言に、あ、とまた自分の声がこぼれる。最近は、以前にも増して独り言が増えたような気がする。

「知ってるの？　この曲」

「……え、あー、少しだけ。バンド、好きで」

休憩室には、私とふたつ年上の先輩だけがいた。独り言が聞かれていたことへの恥ずかしさと話しかけられたことへの驚きで、句読点の多い返しになってしまった。

新卒で入った会社を三ヶ月で辞めて、とりあえずで始めた飲食店のバイトに、やりがいはひとつもない。平日の昼間にシフトに入るのは、エブリデイ残業の店長と、パートのやさしいおばさんと、フリーターの私と、年齢以外知らないこの先輩だけだ。学生アルバイトの子たちは基本的に夜に入ることが多いので、私はほとんど会ったことがない。

「俺も好きなんだよね、このバンド」

先輩が言う。私はまた、へえーそうなんですねとつまらない返しをする。

自分で言うのは悲しいが、私は友達が少ない。この乏しい会話能力が起因しているのだろうと学生時代から気づいているけれど、直せそうにない。自分の弱点が簡単に克服できるなら、人生はもっとうまくいっていたはずだ。

「『光』とか大好きなんだよなあ」

「……あ、いえ、ごめんなさい、それは知らない、かもです。好きな曲、リピートしちゃうんで、いつも」

「まじ？　じゃあ聴いてみて、覚えてたらでいいから」

「はあ、わかりました」

「この曲聴くとさ生きててよかったって思えるんだよな。重い感情なのかもしれないけど」

会話はそれで終わった。「煙草吸ってくるわ」そう言って先輩は休憩室を出ていく。


バイト帰り電車に揺られながら再生したその曲を、私はとても好きになった。先輩が、生きていてよかったと思える曲。年齢以外何も知らない先輩の一部を覗いているような、そんな気分だった。

あの曲とても良かったです。次会った時先輩に伝えよう。そう思ったまま会話を切り出すことはできず、月日だけが流れた。話しかけられることがあっても、私は自ら話題を振ることはできず、そうこうしているうちに有線は新しいものに更新された。

それからまた次の有線に更新される頃、地味に就活を続けていた私はとある会社に採用され、バイトを辞めることになった。先輩のことは、年齢と好きな曲以外は相変わらず何も知らないままだった。

「あの。覚えているか、わからないんですが」

「うん？」

「前に教えてくださった曲、とても好きでした」

最後の出勤のときまで、私の句読点の多さは変わらなかった。もしかしたらずっと、つまらないやつだと思われていたかもしれない。もしくは、そう思うこともないくらい興味を持たれていなかったかもしれない。それでもよかった。

「光……、しばらくずっとリピートして聴いてました。私も、生きててよかったって思ったんです。言おうって、ずっと思ってて」

好きになったのは、メロディだったのか、ボーカルの歌声だったのか、はたまたこの曲を知るきっかけになったあなたのことだったのか。

「ね。ありがとう、聴いてくれて」

「いえ、あの……ありがとうございます」

私の日々にはあまりに尊く眩しかった光の全てを、きっとずっと、覚えている。

ハナちゃんの深爪

何者にもなれない日々にいる。

この生活はいつまで続くんだろう。このまま生きていく中で、今抱えている不安や悩みがなくなることはあるんだろうか？

考えたとて答えにたどり着けないから、私は何者にもなれないままなのかもしれない。そう思ったら悲しくて、大きなため息が出た。

午前十一時。目が覚めて、天井を見つめて、言葉ではどうにも表せない絶望に襲われた。今夜は好きなバンドのライブがあるからもう少し前向きな気持ちで目覚めてもいいはずなのに、変わらない朝に吐き気がした。昨日飲んだアルコールの感覚がまだ消えない。

寝返りを打ち、その流れで枕元で充電していたスマホを手に取った。ＬＩＮＥの通知が一時間前に入っている。開くと、昨日の夕方に送った【飲み終わり泊まらせてほしいんだけど今日って家いる？】というメッセージへの返信で、【俺も飲みだった～】という事後報告だけがそこに書かれていた。

舌打ちがこぼれた。連絡頻度が低くても、普段とんでもなく返事が遅くても、ＬＩＮＥを返さないままインスタを見ていても良いけれど、急を要する連絡だけはきちんと返してほしい。付き合ってもいない男に対してそう思うのは、単なる我儘なのか、はたまた価値観の押し付けなのか。「一般的な正解」がわからない。日々を重ねれば重ねるほど、何が普通で何が普通じゃないことなのか、ひとりでは区別がつかなくなってしまった。

男からのＬＩＮＥはあえて未読のままスマホを閉じた。すぐに返事をしたら暇な人だと思われそうで癪だからだ。私を大切にしてくれないただのセフレにどうでもいい駆け引きをする。そんな自分も、抜けきらないアルコールも気持ち悪くて仕方ない。

「……くっそー、起きるか」

自分に言い聞かせるように呟いて重い体を起こした。

クソみたいな気持ちで始まった今日を、どこまで「普通」にできるだろうか。

「紗良《さら》さんのネイルめっちゃかわいい」

「ありがとお。でもこれもう終わりでさ、明日新しくするんだよね」

「おー、じゃあ見納めですね。じっくり見とこ」

ライブ会場の近くにあるイタリアンレストランで、高校時代の後輩であるハナちゃんと待ち合わせたのは午後三時半のこと。軽く腹ごしらえを、とマルゲリータを頼んだが、話している間にチーズが固まってしまった。チーズが伸びないマルゲリータをつまむ私の指先を見て、ハナちゃんがしきりに「かわいい」と言う。

「次は何色にするんです？」

「まだ決めてないんだよねえ。どうしよっかなあ、夏近いし明るめにしようかな」

「めっちゃいいです。勝手に楽しみにしてます」

ジェルネイルを始めたのは、アパレルショップに就職して二ヶ月が経ったときだった。髪色とネイルが自由で、それらは派手であればあるほど日々のモチベーションはあがり、生き甲斐になると気がついた。毎月一万円前後の出費は手取り十六万円の私にとって痛い現実ではあるけれど、食費や娯楽費を多少削ってでもこのきらめきを手離すことはできなかった。

ネイルをやめたら、生きている意味なんて簡単になくなってしまう。大げさだと思われるかもしれないが、そのくらい私にとって指先のきらめきは重要な役割を持っている。

「でも、ハナちゃんの職場もネイルだめなわけじゃないんでしょ？」

「職場は大丈夫なんですけど、あたしが、長いのだめなんです。だめっていうか、気になっちゃって。時々セルフで塗るくらいがちょうどいいんです」

「邪魔なのは間違いないわ。缶とか開けらんないときあるもん」

「あははっ、ですよねえ。でも紗良さんのネイルはまじでかわいいので守ってほしいです。缶ならあたしが開けに行くんで」

「まーじ？　結構距離あるよー？」

「紗良さんのためならヨユーです」

「流石に恋」

「あははっ、間違いない！」

そう言って口元に手を当てて笑うハナちゃんの爪はまっさらで、少しだけ深爪気味だった。

「そういえば、最近また新しい仕事探し始めるターンきました」

「おー、いいじゃん」

「でも紗良さん、あたし自分でわかってるんですよ。応募するだけしてどうせメール無視しちゃうって」

「やんなっちゃいますよね」二杯目の珈琲にミルクを入れながら、ハナちゃんが気まずそうに笑う。

ハナちゃんは短大を卒業して働き始めているので、年齢はひとつ下だけど、社会人としては一年先輩だ。半年に一回のペースで転職を試みているようだけど、彼女は未だに同じ職場で働き続けている。

「結局あたしって、辞めるまでの理由も度胸もないんですよねえ。シフトはそれなりに融通が利くし、職場にも慣れたし、役職がそれなりにもらえる立場になると多少のことはゆるく考えられるようになるじゃないですか」

「そうだね」

「でも、性別とか年齢で人を見下してくる上司がいたりとか、あたりまえみたいに当日欠勤する同僚とか、教えたことをメモしなかった自分の責任なのに教え方にケチつけてくる後輩とか、そういう、イライラすることもたくさんあって。なんとなくで就職した会社で、辞める度胸もないまま真面目に働いてるのってばかみたいだなとか、そういうことも考えたりして」

「うん」

「それで夜、寝る前とか時々思うんです。あたしこのままでいいのかなあって」

ハナちゃんの言葉に、私は強く同意した。

大人になるということは、日々から徐々にきらめきが消えていくことなんじゃないかと思う。誕生日が来ることがうれしくなくなったこととか、ファジーネーブルやカルーアミルクが甘ったるくて口に合わなくなったこととか、終電逃したらカラオケでオールすればいいだなんて到底考えられなくなったこととか。二十四歳になった私が得られるエネルギーは、以前よりもはるかに少なくなってしまって寂しい。

二十四歳の誕生日を迎えたとき、母は私に「二十代、まだまだこれから」と言った。本当にそうだろうか？　成人してからもう四年が経つ。一般的にはまだ若いと呼ばれる年齢だけど、流行を熟知できるほどの若さはない。生活から潤いが消えていく感覚だけが、じわじわと私を侵食していく。

大人になんてなりたくなかった。かといって赤子に戻りたいかと言われたらそうではなくて、学生時代の青春をあと三回くらい経験できれば万々歳だ。

人生できっと一番無敵になれる時期。若いし、元気だし、新しいことを始めるのにもちょうど良い。

当然、それが叶わないこともわかっている。だからいつも、ほんのり満たされないままなのだ。

「生きてるだけで不安なんです。もうずっと、生きてて良かった瞬間より、生きてて鬱になる時間のほうが全然多い」

このまま生きていて、私は本当に大丈夫だろうか？

仕事も生活も及第点で、ただ年を重ねるだけの人生を、この先も「普通」にこなしていけるだろうか。

「ハナちゃん、私も本当はさあ」

「はい」

死ぬまでずっと真面目に世の中の理に従って生きていかなければならないのなら、若さを武器にできるうちに――。

「紗良さん？」

その先を言葉にしようとして、とどまった。

本当は、二十代のうちにさっぱり死にたい。大人になってからずっと抱えていることの感情は、言葉にしたとてどうにもならない。だから、言えなかった。

「……いや。うん、私も最近バッド入り気味っていうか。好きでもない男に雑に扱われるとまじで虚しくてさ」

「ああ、この間言ってたひとですか？　ヤニカス未読男」

「うはっ、そうそう。虚しいからもう連絡するのやめようかなって」

「紗良さんそれ、やめないやつの台詞ですよ」

「わかるー。どうしたらいいんかねえ」

「新しい趣味見つけるとか？」

「あーね」

「まあ実際、気が済むまで沼って目が覚めるときが来るのを待つしかないんじゃないですか。相談したとて結局、あたしも含め女って同意されたいだけの生き物ですもん」

「ねーわかんのまじで。真意」

自分をだまして、誤魔化して、辞める度胸がないまま辞め時を失っていく仕事のことも、私を一番にはしてくれないヤニカス未読男のことも、日々からきらめきが消えていくことも受け入れて、ほんのり満たされないまま普通に生きてるふりをする。

それが私の人生においては正解で、妥当な道なのだと思う。

「あ、てかそろそろ行く？　整番なんだっけ」

「一五七、八です。わりと前ですよね」

「うわー、まーじで楽しみだなあ」

「ですね！」

なんとなくで終わった私たちの会話の中に、日々の改善策はひとつもなかった。


「あーーーーー……、最高だった」

「ですよね。なんかまじで、まじで、良かった」

「なんかさあ、泣いちゃうよねやっぱ。今日まで生きててよかったって思う」

「わかります、ガチでわかります」

好きなバンドのライブは言葉だけで表現するにはしきれないほど素晴らしくて、私たちは泣きながらライブハウスを出た。

最高だった。内側からしびれるような感覚が幸せだった。セットリストも演出も素晴らしかった。余韻でふわふわしていて、耳鳴りのせいか、ハナちゃんの声はやけに遠く聴こえる。ライブハウスの窮屈さがすでに恋しい。

「明日仕事なの鬱だなあ……」

こんなに幸せな気持ちでいるはずなのに、感動の次にこぼれる言葉はいつもと何も変わらない自分に嫌気がさした。性別とか年齢で人を見下してくる上司がいたりとか、あたりまえみたいに当日欠勤する同僚とか、教えたことをメモしなかった自分の責任なのに教え方にケチつけてくる後輩とか。本当、ハナちゃんの言う通りだ。なんとなくで就職した会社で、辞める度胸もないまま明日からも真面目に働かないといけないなんて、憂鬱に決まってる。ライブの余韻だけに浸っていたいのに、今考えなくてもいいことまで考えて沈んでしまう。

「ねえハナちゃん」

「はい」

「普通は……だいたいの人は、余韻で頑張ろうって思えんのかな？」

私だけなのだろうか？

「今日、最高だったじゃん」

「はい。めちゃくちゃ」

「このバンド好きでよかったって、やっぱ音楽はすごいんだって、実感したっていうかさ」

「はい、わかります」

「……だから余計に死にたいって思っちゃうのはさ、私だけなのかな？」

私が「普通」ではないから、こんなふうに思ってしまうのだろうか？

「幸せな気持ちのまま、満たされたこの瞬間にいなくなっちゃいたいって思う。この余韻で明日からも頑張ろうとか一ミリも思えなくて、この人たちの音楽に救われてるうちに自分が先にいなくなりたいって、そっちのほうがよっぽど強く思うの。……きっと、普通はこんなこと思わないんだよね」

普通は。だいたいは。一般的には。皮肉にも口癖になってしまった言葉たちが私の心を突いてくる。

泣きそうになって、堪えるように下唇を噛んだ。

音楽が好きだ。孤独に寄り添ってくれる。大切で、愛しくて、人生において必要不可欠なものだからこそ、それらがなくなったとき、それらにときめかなくなってしまったとき、自分がどうなってしまうのか、想像しただけで恐ろしい。バンドマンも家族も大切な友達も、私よりずっと長生きしてほしい。私より先にいなくなってしまうなんてことがあってほしくない。

人は、いずれ死ぬ。わかっている。けれどそのときがやってくる順番が、私が最後だったとしたら。余生をひとりで生きていてもしょうがないと思う。

そうか。あたしは、大切なものや人たちを失ってしまうことが怖いんだ。

だから、二十代で死にたいと思うのかもしれない。生きがいに生かされて、家族や友達のやさしさに甘えて、若さが私を曖昧にしてくれているうちにここから消えてしまいたい。

紗良さんあたし、とハナちゃんが口を開いた。視線を上げ、彼女の横顔を見つめる。

「こないだ学生支援機構から電話かかってきたんですよ」

「ああ……奨学金の？」

「そうです。先月の引き落としが残高不足でできなかったから、来月二ヶ月まとめて落とすので入金忘れないでくださいねって。あたしこの電話かかってくるのもう三回目なんですけど。社会に出てもう三年経つのに、奨学金の引き落としすらまだまともにできないとか虚しすぎてびっくりしました」

ハナちゃんはよく、諦めたような笑い方をする。それを伝えると、「紗良さんもですよ」と返された。そういうふうに笑っている自覚こそなかったものの、もうここ数年、あたたかい気持ちで心から笑った記憶がないことを思い出した。自分の出来の悪さに笑えてきたり、上司のつまらないジョークに愛想笑いをしたり。そういうことでしか、私の口角はあがっていなかったのではないか。

一般的に、普通に考えて、私とハナちゃんは似ているのかもしれない。

「奨学金って、二十年近く払い続けなきゃいけないのに死んだ瞬間ゼロになるんですよ。死んだほうが得するの、意味わかんなすぎません？」

「だね。確かに」

「毎月カツカツの給料で、遊ぶのもおしゃれもちょっとずつ我慢して家賃と奨学金払わなきゃいけないなら死んだほうがいいかもって、結構本気で思います。それも定期的に」

生活からきらめきが消えていく。

暮らしていくにはお金が必要で、社会に馴染むためには普通のふりをしていないといけなくて、死んだらなくなる借金を払いながら生きる。ばかみたいだ、死にたい、そう思った。

現在二十四歳。あと六年で三十歳になってしまうのなら、それまでの六年間でやりたいことだけ全部クリアして若いうちに人生を終えたい。それがきっと今の私にとっては最善で、ぎりぎり最高だったと呼べる人生なんじゃないかと本気で思う。

――なんて考えたところで、どうせ私のことだから、何もできないまま六年が過ぎて、変われないまま年だけを重ねてしまうのだろう。

「生きていくって、なんなんだろうね」

「なんなんでしょうねえ」

「……まあ、こんなのライブ終わりで考えることじゃないんだろうけど」

「だから紗良さん、そりゃ一般論ですよ。あたしらの嫌いな」

「あははっ、間違いない」

私たちの、諦めたような笑いが交わった。

普通になれない日々の中。一般論に従って、自分を殺して生きていく。

「紗良さん明日って朝早いですか？」

「んーや？　遅番だからお昼からだよ」

「じゃあ、うち来ません？」

思いがけない提案にえ？と声がこぼれた。ハナちゃんが遠慮がちに「急ですし、紗良さん的に都合大丈夫ならの話なんですけど！」と付け足す。

ハナちゃんと私の家は方向が真逆なので、会うときは大きな駅で待ち合わせることがほとんどだ。住所や最寄り駅は知っていても、彼女の部屋の中に入ったことはこれまで一度もなかった。

実家にいた大学時代は、むしろ実家に帰りたくなくて、ことあるごとにひとり暮らしをする友達の家に泊まらせてもらっていたけれど、いざ自分がひとりで暮らしてみると、どれだけ遅い時間でも、自分の家に帰って自分の布団で眠りたいと思うようになった。

だから、いつもの私だったら、「明日仕事だし遠慮しとくかな」と断っていたはずなのだ。

「……行こうかな？」

どうして、私は断ることができなかったのか。

「あ、あの、でもまじで本当に都合悪かったら全然……」

「ううん。行くよ、行きたいから」

――いや、違う。ハナちゃんの気遣いできちんと断れる選択肢もあった上で、私は断りたくなかったのだ。なんとなく、この夜がとても尊いものになるような気がしていた。


「こんな夜は、きっと誰かといたほうがいいと思ったんです」

ハナちゃんの笑顔がとても優しくて、また、泣きそうになってしまった。


「呼んだわりに部屋散らかってて申し訳ないです」

「このくらい汚いに入んないって。許容許容」

「ひとり暮らしって人を呼んでるほうが綺麗ですよね」

「わかるー。私の家まじで人が来ないから終わってる。布団は起きたまんまだし服も脱ぎ散らかしてるし洗濯はもう三日溜めてる」

「あたし昨日それでした」

「ねーやっぱそうなるんだって。でもひとり用の洗濯機だと量入んなくない？　うちの間取りだと干すスペースもないしまじで詰み」

「あー確かに。バスタオルとか正直生乾きで使います」

「うーわわかる」

　ハナちゃんは最寄り駅から徒歩七分のところにある、築十五年の木造アパートに住んでいた。十畳1Kの間取りは、六畳半でロフト付きの1K部屋に住む私からしてみるとやけに広く感じる。

「飲み物もってくるので適当に座ってください。お茶か水しかないんですけど……ルイボスティーって飲めますか？」

「飲んだことないけど飲んでみる」

「もし苦手だったら水あるので言ってください」

「りょうかいぃい」

　ルイボスティーって何味なんだっけ。ぼんやりとそんなことを考えながら、キッチンに向かうハナちゃんの背中を見送る。それからすぐ、こぽこぽこぽ……とルイボスティーが注がれる音がした。

　初めて入るはずの彼女の部屋には、謎の安心感と心地良さがあり、私はその空間をとても気に入った。家を選ぶとき、私は新築という条件をどうしても削りたくなくて苦労したのだが、ハナちゃんの部屋の心地良さに触れ、別に新築じゃなくても良かったなあと悔やんでしまった。

白いじゅうたん、透明なセンターテーブル、窓際に並ぶ本、草間彌生みたいな花のカーテン。そのどれもがハナちゃんを連想させる。とても愛しい。

「ねーハナちゃん」

「はあい」

「ギター、弾けるの？」

彼女の部屋にはテレビがなくて、声も音もとてもよく響いた。グラスをふたつ、両手に持ちながらハナちゃんが戻ってきて、私の向かい側に座る。壁に置かれた等身鏡の横に堂々と置かれたアコースティックギターをちらりと見て、「ちょっとだけですけどね」と恥ずかしそうに笑った。

中学生の頃、初めてロックバンドを好きになった。周りの友達はみんなアイドルが好きと言っていたけれど、歌って踊るイケメンより、ギターをじゃかじゃか鳴らすおじさんのほうが私にはよっぽどかっこよく見えたのだった。

父に、「若い頃趣味で買ったギターがあるから、ほしかったらあげるよ」と言われていたものの、せいぜいリコーダーと鍵盤ハーモニカくらいしかできない私にとって、ギターやドラムができるバンドマンたちは、まるで超人のようにとても遠く感じていたので、父の言葉には首を横に振った。私には無理だと、やる前から諦めていた。

高校には軽音楽部があって、一年生の頃、初心者歓迎とかなんとかいう決まり文句に誘われて見学に行ったこともあったけれど、いわゆる陽キャの集まりと言わんばかりの雰囲気が合わなくて入部は断念してしまった。

そうしてギターには一度も触れないまま、私は大人になった。

「おじいちゃんからもらったやつなんですよ、それ」

「へえー……」

ハナちゃんは高校時代の後輩で、共に部活は陸上部だった。同じバンドが好きで仲良くなってからというもの、彼女が実はギターを持っていて、それも弾けるだなんて、これまで一度も聞いたことがない。

「ね。ちょっとだけ、弾いてみてくれない？」

「いいですけど、まじで簡単なやつしか弾けないですよ」

「全然いいよ」

ハナちゃんが、胡坐《あぐら》をかいて、ギターを持つ。チューニングの音だけで、私は何故か泣きそうだった。

「えーどうしよ、紗良さんがいちばん好きな曲、なんでしたっけ」

「えっとねえ……」

つい先程まで私たちが参戦していたバンドのライブ。アンコールの最後に歌ってくれた大好きな曲をハナちゃんが弾き語りしてくれて、私はそれを、静かに聴いた。すごいと思った。うらやましい、とも思った。

「ねえ、すごいよハナちゃん」

「全然ですよ。まだBとかあんまりうまく弾けなくて。Fも及第点だし」

「ううん。すごい、すごいよまじで。なんかさあ、うん。すごい」

「えー、紗良さん語彙死んじゃってますよ」

ハナちゃんが笑う。愛想笑いでも苦笑いでもないその笑顔がとても印象的で、それがとても、可愛らしかった。

「紗良さんも弾いてみます？」

「え、弾きたい弾きたい。いいの？」

「もちろんです」

ハナちゃんの提案に思わず食い気味で答えた私に、ハナちゃんがギターを差し出す。胡坐をかいた足の上に、慣れない手つきでギターを構えた。心臓が高鳴る。私は、とてもわくわくしていた。二十四歳になってもこんなふうに何かに刺激をもらえる自分がいることにうれしさも感じていた。

伸びきったジェルネイルが邪魔だった。Fコードはおろか、CコードもGコードも全く音が鳴らない。挫折する人が多い楽器であることはなんとなく知っていたけれど、あまりにポンコツな音ばかり鳴るものだから、これは確かに長く続けないとうまくならないものだなと思った。

「これ、爪切んないとだめなやつだあ。邪魔すぎ」

「結構指立てますもんね……。でも紗良さん、そもそもコード押さえられてるのすごいですよ。あたしなんて指短すぎて最初届かなかったですもん」

「ぐわー、くやしい。爪なかったらもっとちゃんと弦押さえられるのに」

自分の左手を見つめながら、思う。

「あー、爪切りたい」

「え。紗良さんにそう思わせるってすごいですね、ギター。命なのに」

「ね、わかる。私もびっくり」

缶が開けられなくたって、ピアスをつけるのに時間がかかったって、お金がなくたって、意志を持って続けてきたネイルが、今とても邪魔で、支障をきたしている。

「うちのお父さんもギター持っててさ。昔、ほしいならあげるって言われたことあるんだよね」

「えーいいですね。もらっちゃいましょうよ」

「ね。お願いしてみようかなあ。ホントはずっとギターやりたかったんだけどさ、やるタイミング逃し続けてたんだよね。でもやっぱ身近にいると感覚変わる。バカみたいな勢いの話だけど」

「そういうものだと思いますよ、きっかけなんて」

ギターが意外と軽いことも、弦が硬くて押さえると皮膚が少しだけ痛むことも、私は今日まで知らなかった。そして、今日ハナちゃんの家に来ていなかったら、一生知ることはなかったかもしれない。

「ギター、今から始めても間に合うかなあ」

私の独り言のような呟きに、ハナちゃんはすぐに「間に合いますよ」と言った。力強い、優しい声だった。

泣きそうだ。今この瞬間、生きていてよかったと強く思う。

「今日が毎日だったらいいですよね」

「えー？」

「そしたらあたし、もっと前向きに生きられるんじゃないかって思うんです」

指先で優しく弦を撫でながらハナちゃんが言う。ギターの旋律が心地良い。

「今日がこんなに素敵な夜だったのに、明日にはまた鬱かもしれないじゃないですか。ちょっとしたことで傷ついて、悪いことばかり予想して、あたしがもっと普通の人だったらこんなふうにいちいち考えたりしないのかもとか思って悲しくなって。鬱すぎてギターにすら触らない日も余裕であるし。でも、今日みたいな日が毎日続いてたら、私はきっともっとこんな日々を愛しく思えるんじゃないかって思うんですよ」

ライブの余韻で死にたいと思う。諦めたように笑う。大嫌いな言葉が口癖になる。普通に馴染めない自分を憎んだ一日でも、こんなふうに素晴らしい夜で締めくくれたら。

そうしたら、死にたいなんて思わずに生きられるだろうか？

「でも、そんなの願望に過ぎないから。だから、またこんな夜に出会えるために生き

「いつもちょっとだけ死にたいけど、死んだらそれがあたしの一生になっちゃうから。ギターで気持ちが和らぐ夜も、紗良さんと話す日々も、死んだらもうなくなっちゃうじゃないですか。だから結局、死ねない理由を探して仕方なく生きるんです」

「そうだねえ……」

余韻で頑張れなくても、真面目が損をしても、お金がなくても、生活は続く。

日々の解決策は見つからないまま、きらめいた夜に出会って、深爪に愛しさを感じて、ギターを始めるために爪を切る。それでいい。それがいいと思えるために、生きていく。

「今日、紗良さんが来てくれてよかったです」

「それ私の台詞ね」

そのときに見たハナちゃんの深爪が、私にはとてもきらめいて見えた。

# だめだなんだと言えども

たまらなくだめな一日だった。帰路につきながら私は今日を振り返り、そう思った。何がという具体的なものはないが、私が抱えている得体のしれない不安がひしひしとこみ上げてくる。ふとした瞬間に思い出しては、忘れを繰り返す。先の曲がった爪楊枝で心臓をつつかれているような感覚。これがまた、地味に痛い。

そういえば先日も、コンビニの割り箸をビニールから取り出そうとしたら勢い余って親指の皮膚を突き刺して出血してしまった。この世の終わりかと思った。そんなことは全くないのだけれども。

自分に辟易したまま家に帰ると、良い匂いがした。グラタンだった。母の作る料理の中で、かなり上位にランクインする好物だ。

グラタンが好きだという話は母本人に伝えて生きてきたつもりだったが、母の記憶には残っていないらしく、「そんなに好きなんて知らなかった」と言われた。人生において、絶妙に悲しかったハイライトである。

今日の私はだめだった。ずっと不安だった。どこか遠くへ行きたいとばかり考えていた。

まるで私の背中をさするかのようなタイミングで出た好物のグラタンに、泣きそうになった。思い返せば、人生に悩み死にたいと思っていたときも、今日はかなりだめだったというピークのときも、そういう日に限って私の好物ばかりが食卓に並んでいた。母の記憶には残っていないはずなのに、不思議なものだ。

泣きながら口に入れたグラタンは、愛の味がする。

今もし地震がきたら。泥棒が入ってきたら。

そのときはこのグラタンを持って逃げよう。そう心に決め、奥歯でマカロニを噛み潰した。

# ふつつかな消光

「あんた、いつまで寝てんの！」

――ドンドンドンドンドン！

朝起こしに来た親、というよりは強面《こわもて》の借金取りがやりそうな叩き方だった。ドアは思っている何倍も薄くて脆《もろ》いものなのだと実感させられる音だ。

「ちょっと、ねえ。聞いてるの？　お母さん仕事行くから。ちゃんと起きて学校行きなさいよ。お金払ってるんだから」

「……はーい」

「はあ、もう。しっかりしなさいよね本当。じゃあ行ってくるから、戸締りよろしくね」

それからすぐ階段を下りる足音が聞こえ、バタン！と勢いよく扉が閉められたのがわかった。布団に潜ったままでも聞こえる。どれだけ乱暴に閉めたんだ。物は大事にしたほうがいいのに。心の中でそう思っても、もう仕事に出た母にそんな声は届くはずもない。

騒がしい朝が終わる。枕元に置いてあるスマホに手を伸ばし時刻を確認すると、八時二分を示していた。

まだ八時だよ。いつまで寝てるのって、あと一時間くらい許容してくれたっていいでしょう。昨日は深夜までバイトがあったから、寝たのは三時前だった。人間は六時間の睡眠が求められていると、何かのテレビで言っていたような気がする。その情報は定かではないけれど、六時間必要だと言われれば、確かにそうだと思う。五時間と六時間では、目覚め方がまるで違う。

「ああもう、朝からうるさいな……」

私の生活に口を出してばかりの母へ苛立ちが募る。もう春休みに入ったと、つい一週間前に言ったばかりだ。もうすぐ五十歳になろうとしている母は、なんとなく、少し忘れっぽくなったような気がする。食卓を囲んでいても同じ話ばかりするし、口を開けば「就活はどうなの」だ。きっと私じゃなくたってうんざりすると思う。

センター試験で失敗し、滑り止めだった私立大学に通って三年。春休みが明けたら、あっという間に四年生になる。高いお金と片道一時間半をかけて通う大学にはあまり価値を見い出せないまま、時間だけが過ぎていった。

二十一歳の春休み。周りには、就職に向けて準備を始める人が増えた。望んで入った大学だったら楽だったのか、一、二年生の頃から将来を見据えて何かしらの資格取得をめざして講義を取るべきだったのか。考えたところで、毎日バイトに明け暮れ、時々読書をし、深夜に気絶するように寝るだけの日々を繰り返す私にとっては、そのどれもが手遅れである。もうすぐ四年になる学生の正しい春休みを送っているとは思えない。そしてもちろん、その自覚もあった。

しかしながら、やりたいことは相変わらず何もない。公務員も営業も接客も専門職も、何もかもピンと来ない。私がそこで仕事をしているところが、全くもって想像できないのである。

どこのインターンにも参加せず、説明会にも行かなかった。スーツは入学式の時以来着ていないので、今はもうサイズが合わないかもしれない。入学したての頃より体重が五キロ減った。痩せたといえば聞こえは悪くないが、私の場合、不健康な生活を続けてきたゆえのことなので、喜ばしいことではなかった。

ＳＮＳはもう二週間近く開いていない。【これから合同説明会】とか【本格的に就活はじまったつらい】とか【さっさと内定もらって遊びたい】とか、三月に入った途端、ストーリーもタイムラインもそんな言葉で溢れるようになってしまった。そんな言葉を並べて何になるんだろう。私は今日もバイトしかしてないのに。

一応こんな私でも三社ほど『就活』とやらをしているのだが、エントリーシートであたりまえかのように問われる「学生時代に力を入れたこと」と「自己ＰＲ」で、驚くほど書くことが見つからない。提出の締切まではまだ余裕があるから、と一旦書くのを諦めたのが一週間前のこと。そうしているうちに時間は容赦なく過ぎている、そんな日々である。

「……履歴書、薬用リップ、ワセリン……」

バイトで洗い場に立つ機会が多いせいか、手が乾燥してあかぎれを起こしていた。昼も、この季節の乾燥にはなかなか勝てない。ワセリンは意外と高いけれど必需品だ。買わないと、あとから困る。履歴書は、本屋に売っていると聞いたから昨日買いに出たのに、売り切れで置いていなかった。世の就活生がみんな同じようにその紙切れを求めているのかと思ったらなんだか気持ちが沈んでしまい、他の店を当たる気にもなれないまま、まだ買えていない。今日こそ買わなければと脳内で呟きながら、重い体を起こし、ぐーっと伸びをする。

日々、特に打ち込むことはないのに、一丁前に疲労感があった。

こんな私でも、こんな毎日でも、半年後にはどこかの会社から内定をもらい、さらにまた半年後にはちゃんと仕事をしているのだろうか？　つまらない顔してつまらない人生を送っているのかと思ったら、なんだか泣けた。


ワセリンと薬用リップは買ったものの、履歴書はバイト先の近くの本屋ではまたしても売り切れで買えなかった。就活中の会社から、履歴書とエントリーシートを郵送するようにと指示があったけれど、まだ間に合うからあとでもいいか。そんな気持ちで本屋を出たのが十七時過ぎのこと。

バイトは十八時からなので、夜ご飯にしようと、コンビニでおにぎりと飲み物を買った。履歴書を買う分のお金を食費にあてただけ。悪いことじゃないのに、コンビニを出たあとはいつも少しだけ罪悪感がある。

「トモちゃんおはよー」

「店長。はよざいまーす」

カランカラン。控えめに鳴ったベル。レトロで落ち着いた雰囲気の店内に入ると、店長の西野《にしの》さんに軽く挨拶を返す。

今のバイト先は、昼間はカフェ、夜はバーを開いている小洒落た飲食店だ。西野さんは四十代前半の比較的若い雰囲気のおじさんだ。八敷知《やしきとも》というのが私の名前なので、このバイト先の人は大抵みんなトモちゃん、と親しい呼び方をしてくれる。

「お客さんゼロですか」

「十六時くらいから。でもまあ、今日二十時に予約三件入っててさ。その準備で忙しいからありがたいよ」

「あれ。今日のバイトは……」

「早川《はやかわ》は今休憩中。あいつ今日ロングなんだ」

「なるほど」

「灰崎《はいざき》は十九時半から入ってるよ」

「了解です」

お客さんがいない店内を通り、突き当たりにある［staff only］のプレートがかけられたドアを開ける。入ってすぐ、真ん中に置かれたテーブルに突っ伏して眠る男の姿を捉えた。

「……ん、あ。八敷さん、はよざいます」

ドアを開けた音に反応したのだろう。むくりと体を起こした早川くんが、眠そうに目を擦りながら言った。

早川くんはひとつ年下の男の子で、私と同じバイトざんまい勢だ。ふわふわの黒髪は一度も染めたことがないと、前に休憩室で聞いたことがある。年下だからか、私のことをトモちゃんではなく〝八敷さん〟と呼ぶ、数少ない人。

「ごめん、起こしちゃって」

「いえ、全然」

「休憩何時まで？」

「十八時までです。八敷さんの入りと同じ」

「そっか。私着替えるし、寝てていいよ」

「や、もういっすよ」

ハハ、と早川くんが軽く笑う。八重歯が覗いていて可愛らしい笑い方だなといつも思う。ひとつ違うだけでこんなにも変わるものだろうか。二十歳の彼がとても初々しく見える。同じバイトざんまいな生活をしているはずなのに。

「客いました？」

「いや、だれもいなかったよ」

「マジか。休憩終わりも誰も客来ないでほしいな、仕込み結構あるし」

「二十時に予約三件だってね」

「そうなんすよね。まあでも、八敷さんいるなら安心です。回しやすいんで」

「いやいや、こっちの台詞だよ」

「いやいや。今日のシフトが灰崎と二人だったらまじしんどかったんで」

その言葉に、思わず動きが止まる。早川くんは、今ここにいない人の顔を思い出してか、ハッと笑っていた。

「八敷さん灰崎と二人で回したことないんでしたっけ？　あいつやばいっすよ、俺と同じくらいに入ってんのに、全然仕事できないっすもん。顔と元気でミスしてもなんとか客の機嫌は取ってますけど、愛嬌だけじゃこっちは回んねえよって感じなんすよねー」

「……へえ」

「あ、もちろん本人の前では『さん』付けてますよ。一応センパイなんで、灰崎サン」

「このことは本人には内緒でお願いしますね」そう付け足して早川くんは口元に手を当てた。笑って誤魔化すこともできず、「ああ、うん」とぎこちなく返事をする。早川くんが私の表情をどう解釈しているかはわからないが、彼の悪口にひとつも同意していないことくらいは気づいてくれていたほうが楽に距離を取れるのに、と思った。

「〝顔だけ〟って、灰崎のための言葉って感じしません？　ヘラヘラ笑って許されるやつがいるからこっちが損するっつうか。女は顔が良けりゃなんでもいいんすかね？　大学もまともに行ってない……ってか辞めた？みたいな噂だし。あと来る者拒まず去る者追わず！　今は落ち着いたみたいですけど前はよくホテル街で見かけてたんですよ」

「……そうなんだ？」

「だから八敷さん、もし声かけられても断ったほうがいいっすよ。つーか断ってほしいっす、なんとなく。俺の我儘ですけど」

人の悪口というのはどうしてこうも饒舌に放たれるのだろう。

「よく見かけてたってことは、早川くんもホテル街によく行ってたんだ？」

「いやいやいや、ちょっと。言葉のあやです！　ひどいっすよぉ」

「あはは」

早川くんの人懐っこい笑顔も、ちらりと覗く八重歯も、その日はどうにもくすんで見えた。


「美味しかったよーありがとう」

「良かったです。またいらしてくださいね」

「もちろん。トモちゃんに会うのが楽しみなんだから」

「もう、お上手ですね」

「まーたかわされちゃった。手強いなぁ。また来るよ、またねトモちゃん」

「ありがとうございましたー」

カランカラン、ベルが鳴る。スーツ姿の男の姿を数人見送ったあと、ようやく店内には静けさが訪れた。

予約三件。個人経営で細々とやっている西野さんのお店にはかなりハードだった。一件くらいお断りしても良かったんじゃないかと思うけれど、どれもこの店の常連の方々だったので、日頃の感謝もあり、せっかくの予約を承らないわけにはいかなかったとのことだった。

「三人ともお疲れ様。いやホント、よく頑張ったわ」

深夜一時半を回った頃。西野さんはそう言って、今日シフトが入っていた私たち三人の前に缶ビールを差し出した。バーは二時まで営業しているのだが、ラストオーダーは一時半で、つい先程その時刻を回ったので本日の営業は終了。大変だったけれど、予約客のみの対応で済んだ影響か、いつもより早くお店を閉めることができた。片付けが残っているものの、よく頑張ったから片付ける前に一杯やろうぜ、ということらしい。

「ありがとうございます」

「あざーす」

西野さんからビールを受け取った私と早川くんがそれぞれお礼を言う。灰崎くんは「あ、俺今禁酒中でー」と西野さんに缶ビールを戻していたが、西野さんも無理強いはせず、「そうなん？　んじゃー代わりに何飲む？」と、グラスを取り出して灰崎くんに聞いていた。

「オレンジでもいっすか?」

「いーよ。好きね、お前」

「オレンジジュースはいつまでも俺の味方なんで」

へらり、彼が浮かべたのは愛嬌のある笑顔だった。ここの常連の女性の方々や、大人の男性の方々に「灰崎くんは懐っこくて可愛い」と好評の、屈託のないキラキラした笑顔。早川くんが裏で毛嫌いしている笑顔。隣にいた彼が、灰崎くんには聞こえないように「……顔だけが」と呟いていた声には聞こえないふりをした。

普段とは比べ物にならない忙しさだったこともあり、仕事終わりのビールは体にグッと染みる。つまらなそうな顔をして働いている未来の私は、毎日こうしてお酒の力に頼って生きていくのだろうか。そうしているうちにアルコールじゃ足りなくなって、ニコチンにも手を出してしまうかもしれない。煙草は体に害だと言うけれど、自ら害を求めてしまうほど社会からの圧や常識に押し潰されそうになるのだとしたら、一概に煙草を良くないとは言えないなと、おもむろにポケットから一本取り出して吸い始めた西野さんを見ながら思った。

「にしてもトモちゃん人気だよねホント。さっき会計してた村岡《むらおか》さん、冗談抜きでトモちゃんのこと狙ってんじゃない」

「えー、まさか」

「あ、それ俺も思いました。八敷さん心配っすよ、連絡先とか交換しちゃだめですよ？」

「早川はトモちゃんにガチなん？」

「それ本人の前で言うのどうなんすか、デリカシーやばいっすよ西野さん」

「オジサンだから空気が読めねーのよ俺は。悪いね」

「絶対思ってないっすよねそれ……」

西野さんと早川くんのやり取りに、ハハ……と愛想笑いを返す。この手の話は苦手だ。ニタニタ笑う西野さんにも、若干顔を赤らめる早川くんにもさして興味がない。

「実際どうなん、あんくらい年上って。村岡さん大手に勤めてるし金は持ってると思うぜ。まあ、多分若干ロリ入ってるかもだけど、根本は悪い人じゃねえな」

「八敷さんまじで気をつけてください！」

「トモちゃんが好みだったらどうにもできないだろ？　早川が決めることじゃねーの」

「ええ……八敷さん……」

まだ続くのかこの話。はあ……とため息をつきながらちらりと灰崎くんに目を向けると、バチッと目が合ってしまった。タイヘンソーダネ、多分そんな感じの意味のアイコンタクト。タイヘンデスヨ、その意味を含め、灰崎くんにも愛想笑いを返しておいた。


片付けを終えたとき、時刻は二時を過ぎようとしていた。

「お疲れ様でーす」

一番最初にタイムカードを切ったのは早川くんだった。私も続いてタイムカードを切ったものの、休憩室にギュッと人が濃縮されるのも嫌だったので、バーカウンターの椅子を引いて腰掛ける。すると、「あ」と西野さんが声をあげた。

「トモちゃん悪い、一瞬で戻るから向かいのコンビニ行ってきてもいい？　俺今日店残ってちょっと事務作業あんだけどさ、煙草が足んねえ」

「いいですよ」

「助かるわー。鍵がね、一回一回掛けんの面倒なんだよねー。すぐ戻るから。早川のことは帰らせて大丈夫だから、おつかれって言っといてー」

「わかりました」

慌ただしく店内を出た西野さん。一気に静まり返った店内にぎこちなさを覚える。ふたつ離れたバーカウンターに座っていた灰崎くんは、頬杖をつきながらスマホを見ていた。

「……灰崎くん」

私の声に反応した灰崎くんがスマホを閉じ、少しだけ体の向きを変える。目が合って微笑まれた。

「んー、トモちゃん」

「お疲れ様」

「だねえ。俺全然使えなかったよね、ごめんね」

「いや……」

「今日は皿ひとつとグラスふたつ」

「え？」

「俺が割った数。全部厨房で割ったからセーフ？だったけど。なーんかな、俺の手、ゆるゆるなんだよ」

灰崎くん——灰崎在真《あるま》くん。金髪が印象的な男の子。可愛らしい、柔らかい、中性的な顔立ち。歳は私と同じで、大学は早川くんと同じ。辞めたという噂だけれど、真相は聞いたことがない。女の子を取っかえ引っかえしているという噂もあるけれど、それもまた、謎に包まれたまま。何ひとつ、灰崎くんの口から正解は聞いたことがなかった。

掴めない人。不思議な人。早川くんが嫌う、〝顔だけ〟の人。

「あのさ、灰崎く……」

「あー、ほんっと今日は疲れましたねー八敷さん」

灰崎くんに話しかけようとしたタイミングで、バタンッ、と乱暴に休憩室の扉が開けられた。はあー……という大きなため息と共に、私服姿の早川くんが出てくる。

「ほんと、俺と八敷さんだけじゃないっすか？　こんなに疲れてんの」

わざとらしく言われ、空気がピシャリと締まった気がした。

「ハハ、早川くんオツカレー」

「どーも」

「西野さんが帰っていいよって言ってたよ」

「言われなくても帰りますよ」

灰崎くんと早川くんが仕事中以外で話しているところは、あまり見たことがない。

それはきっと彼らが、というより早川くんが意図的にそうしているからなのだろう
と、ふたりの会話の様子を見て思った。

「八敷さん」

「え」

「あんまり相手してたら食われますよ？　気をつけてくださいね」

感じが悪い。これ以外の言葉が見つからなかった。「ハハ、嫌われてるわ」と苦笑いを浮かべる灰崎くんと、「じゃあ、俺はこれで」と、灰崎くんとは目も合わせず出口に向かう早川くん。休憩室で『灰崎さんには内緒でお願いしますね』なんて言っていたくせに、自ら内緒にするつもりなんてないようだ。

「おつかれさまでしたー」

カランカラン、バタン。ベルが鳴り、扉が閉まった。

「……クククッ」

ふたりきりになった店内。静寂の中、ふたつ隣の席で灰崎くんは肩を揺らしている。

何がおかしかったのだろうか。気まずさで、今自分がどんな顔をしているのかわからない。

「はぁ……、ごめんね。あんなに露骨に人を嫌えるのすごいなって。笑い事じゃないか、ごめん」

「……いや」

「早川くん、仕事できるもんなぁ。同じくらいに入ったのにおれとはまるで出来が違うからね。早川くん、多分皿割ったことないし。おれ、西野さんにわりと好かれてるほうだから、それも気に食わないんじゃないかなー」

「なんか申し訳ないわ」と、灰崎くんが笑う。これは皮肉……だと思う。同じ時期に入ったのに、仕事ができる早川くんより、皿とグラスを毎度のように割る俺ばっかり贔屓《ひいき》されてるんだよね、と、そういうことだ。

灰崎くんとこれまであまりふたりきりになる機会がなかったからイメージがなかったけれど、彼ももしかしたら、早川くんと同じタイプなのかもしれない。

悪口は苦手だ。言うのも聞くのも、誰も良い気がしないから。とはいえ、あれだけあからさまな態度を取られたらムカついてしまう気持ちもわかる。

「早川くん、結構アレだよね、ぅーんと、……自分の感情に素直っていうか。かっけーよなぁ、羨ましい」

けれど、その予想は違ったらしい。「え？」と声を漏らせば、「ん？」と首を傾げられた。

「何か変なこと言った？」

「え、いや……」

「そう？　んでさ、トモちゃんは感情を隠すのがうまいよね。隠すっつうか、あれか。普段から感情を一定に保ってるのか。あえて」

すごいなー、みんな。そう言って灰崎くんはカウンターに上半身を倒す。首から上だけを私のほうに向けると、彼はへにゃりと笑った。

よく笑う人だ。愛嬌がある。可愛い顔立ちをしているから余計に、だ。こんな表情を向けられたら、お客さんだって和むに決まっている。

顔だけじゃない。灰崎くんは、そういう雰囲気やオーラを作り出すのがうまいのだ、きっと。

「つーかトモちゃん、そもそもあんまり笑わないよね」

「面白いことは別にないし……」

「ははっ、たしかに、そりゃ笑うことねーや。早川くんは、トモちゃんの前だとかわいく笑うよね。おれあんなん見たことねーや、別に、いいんだけど。八重歯、かわいいよね、早川くん」

「……まあ、そうかも」

「可愛い男キライ？　トモちゃんってどんな男がタイプなんだろ。あ、これセクハラかな、大丈夫？」

「大丈夫」

他愛もない話。誰のことも悪く言わない、柔らかい話し方。さっきの言葉も皮肉じゃなかったのかもしれない。灰崎くんは自分が抱えている事実を言っただけなんだ。彼の言った事実を皮肉だと勝手にとらえたのは私。私がひねくれていただけ。そう思ったら、また、自分のことを嫌いになった。

「……灰崎くん」

「んー」

「灰崎くんは……いつも、すごいよ」

さっき言いかけた言葉。早川くんが出てきたことによって遮られてしまったけれど、私はそう言いたかったのだ。

「俺がすごい？　いやー、皿割るけど」

「そっ、そうじゃなくて……」

私が灰崎くんだったら。あんなあからさまな態度耐えられない。この人私のこと嫌いなんだって気づいたら、相手のことが好きじゃなくても怖くなってしまう。人に嫌われるのが怖い。そのくせ、誰のことも信用できない。

早川くんに「悪口言うのは良くないよ」と言わないのは、彼が私にある程度好意をもってくれているからだ。何か余計なことを言って、彼が灰崎くんにしているみたいな態度をとられるのが嫌だ。笑わないくせに、つまらない人だと思われたくもない。理不尽でどうしようもない我儘を全部飲みこんで生きているから、唯一反抗のつもりで家族である母のことだけ無視してしまう。

「……私は、嘘ばっかりだから。灰崎くんが羨ましい」

灰崎くんはすごい。そうやって笑ってなんでも許せる広い心を持っている。すごい、すごいよ。素直な気持ち。人を貶《けな》さないあたたかい心。全部、私にはない力だ。

ふたりきりになって、こうして言葉を紡いで気づいたこと。灰崎くんの柔らかい雰囲気と何にも臆さない度胸に、私はずっと憧れていたみたいだ。

「ハハ、トモちゃん悪趣味だ」

そんな声にばっと顔を上げると目が合った。違う、間違えた、口が滑った。そんなことを言うつもりはなかった。だいたい灰崎くんとはそんなにちゃんと話したこともないのに、こんなふうに急にすごいだなんだと言われても困るに決まっている。

「ご、ごめん、今の忘れて」

「えー、いやいや。そりゃ無理だ」

「……深い意味はなくて、……ごめんなさい」

「なんで謝んのー。うれしいよ、そうやって言ってくれたの、トモちゃんが初めてだからさ」

ドキ、心臓が音を立てた。にひっと笑う灰崎くんは本当にうれしそうにしていて、それもまた心臓を鳴らす。灰崎くんは普段から明るくて可愛らしい人柄だからギャップというほどでもないけれど、私が知っている印象とはまた少し違う、無邪気な雰囲気も出せるのかと感心もした。

「トモちゃん、早川くんからなんか俺の話聞いたことある？」

「……え」

「あー、あれね？　悪いほうの話ね、早川くん俺のこと陰で褒めるとか死んでもないって知ってるし」

仕事ができない、大学を辞めた、来る者拒まず、以前はホテル街でよく見かけていた。どれが本当で、どれが早川くんの妬みなのか。

気になる、気になるけれど、本人に聞いて良いものなのかわからない。

「えっと……」

――カランカラン。

すると、私の言葉を遮るように扉が開いた。西野さんがコンビニから戻ってきたのだろう。まだ着替えてなかったのかよーって笑われる気がする。私も灰崎くんも着替えることを忘れていたわけではなくて、ただなんとなく会話が続いてしまっただけではあるけれど。何にせよ、良いとも悪いとも言えないタイミングだったので、私たちはどちらともなく視線を逸らした。

「……あ、あれ、もしかして、お店もう閉まってますか」

けれど、入ってきたのは西野さんではなく、スーツ姿の男の人だった。二十代前半だろうか。メガネを掛けたその人が、バーカウンターに座っていた私たちに、か細い声で言う。スーツはヨレヨレでネクタイも曲がっていた。革の鞄を大事そうに抱えている。猫背で、縦に長い、いかにも仕事に追われているサラリーマンという感じがした。

「す、すみません、明かりがついていたのでまだやっているのかと思ってしまいまして」

「……あー、すみません。うちはラストオーダーが一時半までで」

「そうだったんですね……、すみません、看板を見落としていました」

椅子から立ち上がった灰崎くんが接客する時の柔らかい話し方で謝ると、スーツの男は心底申し訳なさそうにヘコヘコと頭を下げて謝った。可哀想だけど、店長である西野さんはまだ煙草を買いに行ったまま戻ってこないし、お店も閉店時間だからどうにもできない。

「いえ、こちらこそすみません」と謝ると、隣にいた灰崎くんは小さな声で「トモちゃんやさしー」と呟いていた。その「やさしい」は、どういう意味だろう。

「あ、あの、また日を改めて来ます。すみませんでした」

「ええ。またお待ちしていま」

「煙草煙草〜っ俺の主食〜っニコチン〜――……お？」

再びドアが開く。変な歌が不自然に途切れた。

「新規おひとり様？　いーよいーよ、座んな」

「え、あの」

「二時だもんなあ。開いてるとこ意外とねえよなー。俺の作る酒は美味いよお兄さん。何が飲みたい？」

コンビニから戻ってきた西野さんは、入口付近に突っ立っていたスーツの男を視界に捉えると、嫌な顔ひとつせず彼をカウンターに促し、自分はおもむろにエプロンを着けてカウンターに立った。私と灰崎くんは、西野さんの行動についていけないまま呆然と立ち尽くすしかできなかった。西野さんのサービス精神が素晴らしいことは知っていたけれど、閉店後のお客さんにこうして接客しているところを見ると、余計にあたたかな人柄を感じる。

そんな私たちに視線を移した西野さんが、「ちょちょ、ふたりともぉ」と間延びした声で呼び、手招きをする。「はい」と返事をすれば、西野さんはニッと口角を上げた。

「ほら、ふたりも座んな。せっかくだしお前らにもサービスするよ」

「え、でも」

「つかまだ着替えてなかったの。好きね、この店」

「いや、えっと……」

「灰崎。お前も、な」

「や、西野さんおれは」

「まあまあ。ほら座った座ったー」

流されるままに、再びカウンターに座る。さっきまではふたつ隣に座っていた灰崎くんが隣にいる。肩と肩の間には何センチ距離があるのだろう。思えば、仕事中も休憩中も灰崎くんとこんなに近い距離になったことはないかもしれない。

「ささてお客様方よ、何が飲みたい？」

〝店長〟の西野さんだ。黒いエプロンが良く似合う。バイトしている時はちゃんと見る機会がなく気づかなかったけれど、西野さんを目当てにこのバーに来る女性客の気持ちがなんとなくわかった。

「あの……、本当にいいんでしょうか」

スーツの男が控えめに言う。人間の雰囲気は姿勢に影響されるというのは本当らしい。現に、このスーツの男は小さく遠慮がちな声に加えて猫背なので、頑張っても明るいイメージは連想できそうにない。

根暗、引っ込み思案、大人しそう、弱そう、なめられていそう、オタクっぽい。見た目から想像できるのはそんな情報ばかりだ。

「遠慮すんなよお兄さん。俺がなんのために店開いたと思ってんだ？　酒作んのが好きだからでしかねえだろ。お客様は神ってな、俺は本当にそう思ってんのよー。クソ客はさておきだけど」

「は、はぁ」

そう言われては何も言えまい。スーツの男はグッと口を噤み、「あ、ありがとうございます……」と萎《しぼ》みそうな声で言った。

「あの、西野さん。おれは禁酒中で」

「あーあー灰崎。お前の禁酒は俺は信用してねえ」

「はい？」

「お前の禁酒、ろくでもない理由だろ。俺ぁ知ってんだ」

「ろくでもないって……」

「うるせえうるせえ。俺のカクテルは最強なんだよ。飲んでから言えや」

「おれがアルコール摂取で死んじゃう病気とかだったらどうするんです……」

「そうだな、それはそれだな。そのときは訴えてくれてもいい」

灰崎くんは反論するエネルギーを使い果たしたらしい。はあぁ……と大きくため息をつき、「西野さんのおまかせで」と言った。

禁酒ってこうも呆気なく終わるものなのか。本当に病気だったら灰崎くんは西野さんのことを訴えるのかな……とそんなことを考える。

「今日のお客様はグダグダうっせえのばっかだからな。西野セレクトで提供してやるから待ってろ」

「……それは西野さんが強引だからでしょ」

「ああん？　灰崎おめーまだ何か言うか」

「はいはいさーせんでした」

呆れたように話す灰崎くんは、なんだか私が見たことのない雰囲気を持っている。西野さんが灰崎くんを気に入っているということはもちろんあるかもしれないけれど、それよりも、灰崎くん自身が西野さんに心を開いているようにも思えた。

「お兄さん、名前は？」

スーツの男が小さな声で「ひ、日野《ひの》です」と答える。

日野さんは二十三歳の、社会人一年目のサラリーマンだった。二十代前半だろうなという予想は当たっていたけれど、いざ本人から年齢を聞くと、一年目にしてはハリがないなと思ってしまう。

「日野くん、レモンは食えるか」

「……え？　あ、は、はい」

「トモちゃんと灰崎は文句なしな。きっちり飲んで酔っちまえ」

「なんすかそれ……」

「わ、わかりました」

はあぁ……と灰崎くんがため息をついている。日野さんも、何を話していいかわからずオロオロと目を泳がせていた。

西野さんの手元は、私たちが座っているカウンターからはよく見えなかった。

バーで働いているものの、お酒のことは詳しく知らない。どのお酒がおすすめだとか、どれが甘いとかも全然わからないのだ。このお店でバイトを始めたのは単に立地が良かったことと給料が高かったことが理由なので、西野さんに正直に話したら怒られてしまうかもしれない。

数分して、私たちの前に三つのグラスが並べられた。バイト中に何度か見たことがあるものもあれば、初めて見るものもあった。これが西野セレクト……とやらみたいだ。

「日野くんはニコラシカ。レモンと砂糖先に食って、それをブランデーで流し込むように飲むんだ」

「ニコラシカ……、すごい、なんか……すごいですね」

「ハハ。普通の飲み屋じゃあんま見たことねえか」

グラスを塞ぐように輪切りになったレモンが乗っていて、その上に砂糖が乗せられている。私の記憶が正しければ、この店のメニュー表にはないドリンクだったと思う。

日野さんの前に出されたニコラシカをまじまじと見つめていると、西野さんに「トモちゃんにも今度作ってやろうか」と言われてしまった。そんなに物ほしそうな顔をしていたのだと思うと少しだけ恥ずかしい。

「……これ、なんか、飲むの勇気いります」

「勘がいいなー日野くん。ニコラシカのカクテル言葉は『覚悟を決めて』だ。今の日野くんに一番必要なもんじゃねえかと思って」

日野さんがテーブルの上でギュッと手を握りしめ、グラスを見つめるように俯いている。なにか、覚悟を決めるような出来事があるのだろうか。

「……ぼ、僕は……、会社を、辞めたくて……」

ぽつり、ぽつり、日野さんが震える声を落としていく。俯くと猫背が一層目立っている。見るからに自信がなさそうな、弱くてちっぽけな姿に見えた。

「じ、実は、少し前に同じ部署の先輩には相談してたんです……。僕、仕事が本当にできなくて迷惑かけてばかりで……向いてないのもわかってて。だけど、一年目で辞めるなんて早すぎる、根性がないって、……怒られてしまいました。僕なりに頑張ってきたんですけど……っ、自分でもポンコツなことくらいわかっているのに周りからもお前はだめだ、お前は何もできないって、どこにいても言われるんじゃ、辛いです。

今日も失敗して、残業して……、それで、無性にお酒が飲みたくなって、ここに来ました……」

社会の怖さ。人間関係。ストレスの構築。私が就活をやりたくない理由がまさにそうだった。やりたくない仕事をしたくない。けれど働かないと世間からはつめたい目を向けられる。失敗は許されず、それなのに弱音すらも許されない。

人間はひどく脆い。誰かのために身を削って生きられるほど強くない。自分の機嫌と感情をコントロールするので精一杯。やさしい人ほど壊れやすいというのは、誰かを傷付けないために自分を犠牲にする回数が多いから。

日野さんはもう、限界に近い無理をしてきたのだと思う。社会に出て何年目かは関係ない。世界は平等じゃないから、人は、簡単に壊れてしまうのだ。

「俺は日野くんがどんな仕事しててどんな失敗してどんな辛い思いしてきたかわかんねーけどよ、毎日泣いて、肩バッキバキに凝って猫背悪化して視力も悪化するくらい辛いことって、頑張らなきゃいけないことなのか？」

「……それは」

「覚悟決めて、頑張ってきた自分ごとぶっ殺せばいいんじゃね？　正直、死ぬほど辛い失敗から得られることって、何もねえだろ」

心を救ってくれる人が、どこかにひとりでもいてくれたなら。そしたら、きっともっと早く美味しいお酒が飲めたかもしれない。

「ぼ、ぼくは……っうう、ぼくはっ」

「おう、ティッシュあんぞ」

「っ、いいんでしょうか……っ、ぼく、ぼく、」

「それ俺に聞いてどうなんだよ。まあ、俺だったらコンマ三秒で上司の鼻の穴に鷹の爪ぶち込んで辞職するけどな」

「うう……っ、辛かった、辛かったんです、ずっと……っうう……っ、」

「今は令和だぜ？　そんな職場で頑張ってやっていこうって、思うほうがすげーよ。時代には甘えとけって」

「うっ、うう」

「なあ日野くん。ニコラシカ、うめーぞ？」

背中を丸めてぼろぼろと涙を流す日野さんに、西野さんはニッと悪戯に笑っていた。

「ありがとうございます……美味しいです……なんか、大人の味が、ッします」

「泣くか飲むかにしろや俺の酒を勝手に鼻水風味にすんじゃねえ」

「ううっ、すびばぜッ、んぐ」

西野さんからティッシュを受け取った日野さんがずびーっと鼻をかみながら謝る。先程より肩の力の抜けたように見えるのはきっと気のせいではないのだろう。西野さんのカクテルは、心をも救ってくれるみたいだ。

「さてと」と、日野さんから私たちに視線を移した西野さん。私にはどんなカクテルを作ってくれるのか、日野さんに贈られたニコラシカを見て期待が高まる。

「お前らはこれとこれな。灰崎はハーバードクーラー、トモちゃんはジンフィズ」

けれど、西野さんは日野さんのときと打って変わり、私たちにはカクテルの名前だけを伝え、それらの名前が持つ意味についてはひとつも教えてくれなかった。「気になるなら自分で調べな」と言われ、ぐっと口を噤む。

差し出されたジンフィズは、バイト中によく注文を受けるものだった。ほぼ透明に近い液体にレモンが添えられている。マドラーでクルクルと氷を回し鼻を近付けると、ほのかにレモンの香りがした。

「トモちゃんにそれ、ピッタリ」

意味は教えてくれないくせにそんなことを言われても。

スマホは生憎休憩室の鞄の中に入れてある。カクテル言葉がわからないまま、私はグラスに口をつけた。

お酒に、特別弱いわけでも強いわけでもない。ジンはアルコールが強いというのはなんとなくわかってはいたけれど、口に含んだジンフィズはさっぱりとしていて飲みやすかった。

「トモちゃん。俺は、どんなトモちゃんも好きよ」

「……はい？」

「若いんだからな、もっと正直に生きな」

多くは語られていないのに、まるで私の心を見透かされたみたいな気持ちになる。私より二十年早く生まれて二十年早く人生を知っている西野さんの言葉は、私の光みたいだ。

「……ありがとうございます」

短く礼を言えば、「おうよ」と軽く返事が返ってきた。

日野さんはニコラシカ、私はジンフィズ。灰崎くんに差し出されたのは、ハーバードクーラーという名前のお酒だった。

西野さんが、「リンゴとレモンのミックスジュースみたいなもん」と適当な説明を添える。私が作ってもらったジンフィズよりも色味が強い、「リンゴとレモンを使ったカクテル。三人分のカクテルはどれもレモンを使用したものだったのは、「俺レモン好きなんだよねぇ」と、そういう理由らしい。

ジンフィズのカクテル言葉はあとで休憩室に戻ったら調べるとして、ハーバードクーラーのカクテル言葉はなんなのだろう。

灰崎くんは、目の前に出されたグラスを何も言わずに見つめている。やっぱり、禁酒中だから飲むことに抵抗があるのかもしれない。けれど、西野さんにお酒を作ってもらうなんてそうそうない機会だし、飲まないのもそれはそれで勿体ないなぁと、そんなことを考える。

「灰崎、俺の酒はうめーぞ」

「……そんなん知ってますよ」

「カクテル言葉、特別に教えてやろうか？」

「それも知ってますって」

「ほんと、お前は変わんねえな」

やはり、西野さんと灰崎くんは私が知らない出来事をなにか共有し合っている仲みたいだ。会話から読み取るに、少なくとも過去に灰崎くんは西野さんにカクテルを作ってもらったことがある。そしてそのときもまた、今出されたものと同じ——ハーバードクーラーだったのだろう。

「飲まねえなら、今日割った食器代給料から引いてやろうかなー」

「は、なん……、パワハラっすよ」

「今は営業時間外だからセーフなんだよ」

「意味わかんねぇ……」

「お前だけのために作ったのに飲まないんですかーそうですかー大した理由でもないくせに禁酒とかいってー飲まないんですかー」

「……はあ、もー、うっさいな」

西野さんの少々強引な誘いに、灰崎くんはあきらめたようにため息をつくと、グラスに入ったハーバードクーラーをぐっと飲み干した。グラスにそこまで容積があるわけではなかったけれど、一気飲みとなるとどうしてもハラハラしてしまう。すっかり泣き止んでいた日野さんも、「だ、大丈夫でしょうか?」と不安げに声をかけている。

グラスをテーブルに戻した灰崎くんは、数秒俯いたあと、「あー……」と低い声で唸った。

「……ほんと、サイアクっすよ、西野さん」

アルコールは、時に特別な力を持っている。


「営業時間外なのに本当にありがとうございました。ぼ、ぼく、……あした、部長に相談してみようと思います。ちゃんと辞められたら、また、ここに来ます」

「おう、待ってんよ」

「本当に、本当に……ありがとうございました」

日野さんは、ニコラシカ一杯分のお金を払い、丁重にお辞儀をして店を出た。来店時より心なしか猫背がよくなったような気もする。決心がついたことによって心が解放された影響もあるのだろう。明日が、日野さんにとってよりよい一日になることを、こころの片隅で願った。

西野さんと私のふたりで日野さんを見送った後。カランカラン、ベルを鳴らして店内に戻ると、カウンターの一番端に突っ伏して眠る灰崎くんの姿が見えた。

時刻は三時半を回ったところ。灰崎くんは、三十分前からこんな感じで、時折「ん〜……」と唸りながら眠りについている。

「トモちゃん、ごめんねーこんな遅くまで」

「いえ、問題ないです」

「灰崎《こいつ》の禁酒理由、どーよ。笑えるっしょ」

「笑える……と言うより、意外、でした」

「はは、そーかそーか」

灰崎くんが禁酒している理由は、持病などではなかった。そして、西野さんはその理由を知っていた。バイト終わりにビールを差し出して断られたときも、「そうなん？」なんて言っておいて、早川くんに悟られないようにするためのカモフラージュだったという。

「……灰崎くん、お酒弱いんですね」

ハーバードクーラーを飲んで数分すると、灰崎くんは明らかに様子がおかしくなった。おかしくなった……と言うよりは、確実に〝酔っている〟人になったと言うほうが正しいだろうか。

「なんなんすかもおー……」とか「西野さんまじ意味わかんねえっす」とか「布団で寝たい」とか。普段バイトしている時はニコニコ笑って愛嬌を振りまいているはずの灰崎くんはどこにもいなくて、代わりに、全然笑わない灰崎くんが現れた。

意外だったのだ、本当に。勝手なイメージではあるけれど、灰崎くんはお酒が強い人だと思っていた。

「普段ヘラヘラ笑って誤魔化してるくせに、酔うと自分のこと引くほど卑下して喋るんだよ。トモちゃんもさっき見たろ。俺最初見たときすげー悲しくなったもんな。聞いてるこっちが同情してもしきれないくらい、灰崎は自分のことを嫌ってる」

「……そうですね」

「灰崎は、多分この先もトモちゃんにはあんなん見せるつもりなかったんだと思うんだけど。俺はさ、トモちゃんには灰崎のこと知ってほしいって、勝手に思ってたわけよ」

「……それは、どうしてですか？」

「そりゃあれだよ、灰崎とトモちゃんが似たもの同士だから」

灰崎くんと私が似ている。具体的にどこが、とは言われなかった。けれど確実に、確かに、私たちは似ているらしい。

「灰崎起きろ。タクシー呼ぶから帰れ」

「ゔゔ〜ん……」

「ポンコツ酔っ払いめ」

「うぅぅん、ゔっざいでず、にしのさん」

「ウザイだぁ？　森に捨ててやるかコラ」

「う……」

「そんでまた寝んのかお前……」

目覚めたらきっと灰崎くんはいつもの彼に戻っていて、早川くんに何を言われてもどんな態度を取られても、笑っているのだろう。

大学には行かず、女性関係にだらしないと噂を立てられ、バイトに来たらグラスを割る。それが本来の灰崎くんなのだとされても尚、彼は笑っている。

私は、明日からもまたいつも通りできるだろうか。似たもの同士だなんて、空っぽな私と同じにされて灰崎くんは嫌じゃないだろうか。

『全部中途半端でゴミみたいな生活してて、心ん中でいっぱい黒いこと思ってて、おればっかりなんでこんなことしなきゃなんないんだって思う。言うこと聞かないおれの手からグラスが落ちて、破片を片付けるたびにこれが刺さって血だらけになって指ごとなくなっちゃえばいいのにって思うし、知らない人とのセックスは苦痛なだけだったし、酒飲んでいい気分になって全部どうでも良くなりたいのに弱いから一杯で死ぬしさぁ、ほんと、まじで、かなり最悪』

アルコールが回った灰崎くんは、聞いているこっちが悲しくなってしまう過去の話をしていた。

灰崎在真。二十一歳、フリーター。

高校時代までバドミントン部に所属していて、インターハイに行くほどの実力の持ち主だったという。けれど、手首を怪我して引退する前に退部。「手がゆるゆる」と言っていたのは、怪我の影響だったみたいだ。

本来ならスポーツ推薦をもらえるはずだった大学には行けなくなり、やむを得ず地元の大学に進学するも、やりたいことが見つかることはなく、時間の無駄だと感じて三年の夏に辞めたらしい。

手が痙攣《けいれん》してしまう影響で、できそうなバイトがなかなか見つからず、精神的に不安定だった時期が続いていたそうだ。彼女はいないけれど、どうしようもないくらい人肌が恋しい夜は、アプリで知り合った人と夜を過ごすことも少なくなかったらしい。

そんな生活をしていた灰崎くんが、ある日ベロベロにお酒を飲んで路上で死にかけていたところを、西野さんが拾って介抱したという話だ。それから流れるままにここで灰崎くんを雇うことにしたとのことだった。

今のバイト先で働くようになってからも、しばらくの間は不安定で、よくないことだとわかりながらも誰かの体温に縋ってしまうことがあったようだ。早川くんが見たのは、その時の灰崎くんだったのだと納得した。

話を聞いて思ったのは、やっぱり私たちはどこも似ていないということだった。

私には、インターハイに行った経験も、怪我で挫折をしたことも、大学を辞める勇気を持ったこともない。冒険しない平凡な道を、つまらないつまらないと言いながら歩いてきただけの人間だから。灰崎くんと似たもの同士だなんて、灰崎くんに失礼だ。

『おれ本当なんで生きてんのかわかんないよ、なんの価値もない。毎日命の無駄遣いしてるだけな気がして』

命の無駄遣い。灰崎くんはそう言って自分で自分を侮辱する。苦しかった。日野さんも私も、灰崎くんにかけるべき正しい言葉がわからず、そこにはただどんよりと重い雰囲気が漂っていたのを覚えている。

「トモちゃん、タクシー呼ぶからひとりで帰れる？　灰崎帰れそうにないから、俺ん家連れて帰るけど。それとも、トモちゃんも一緒に来る？」

先程のことを思い返していた私に、灰崎くんを担いだ西野さんが言う。「え？」と声をこぼせば「どっちでもいいよ」と返された。どっちでもいいって、一緒に来るって、どういうこと。

「ああ、でも、灰崎はカクテル言葉詳しいよ」

そう言われ、言葉を飲み込んだ。あとで調べようと思ってはいた。けれど、自分で調べるのと人から意味を聞くのとでは、耳への溶け込み方が違う。灰崎くんに教えてもらえるのならそのほうがいいと思ってしまった。けれど、でも、本当にいいのだろうか。私なんかが灰崎くんに踏み込んで――……。

「トモちゃん」

名前を呼ばれ、顔を上げる。

「知りたがることは何も悪いことじゃねえぞ。それに言ったろ？　もっと正直に生きなって」

――正直に生きることが、命を大切に扱っていることになるのなら。


「あんた、どういうつもり？」

十七時。家に帰ると、おかえりよりも先に母にそう言われた。鋭い視線を向けられ、ギュッと手を握る。汗で手のひらがしめっていて、やけにあたたかかった。

「バイトばっかりして、就活はちゃんとしているの？　どうしていつもそうなの。どうしてちゃんとできないの。周りの友達はもうみんな就活頑張ってるんでしょう。あんただけよ、こんな時期にまだバイトばっかりしてるのは」

「…………」

「聞いてるならうんとかすんとか言いなさいよ。あんた口ないの？　普通に頑張ることがどうしてできないの。今頑張らないでいつ頑張るの？　常識的にわからない？あんた本当、これからどうするの。娘が就職浪人とかフリーターとか、恥ずかしくておばあちゃんたちに顔向けできないでしょう」

今日もよく動く口だ。普通も常識も聞き飽きた。そんなことよりも、私はまず最初におかえりって言われたかった。そう言ったって、どうせ母は聞いてくれない。くだらないと吐き出すように言われるだけだ。母に対して自分の感情を殺すのは、もう慣れてしまった。

「これ以上、お母さんのストレスにならないで」

「……それ、そっくりそのままお母さんに返すよ」

「はあ?」

「これ以上、私のストレスにならないでよ、お母さん」

そう、いつも通りの私だったら。

「普通も常識も義務じゃないよ。みんなと同じことしてるのが普通? 就活するのは常識? 大学四年になる春休みにバイトしてるのはそんなにだめなことなの? 違うのは体裁だけでしょ。社会に出てるのは変わらないのに、そうやってお母さんみたいに言う人がいるから、常識と普通があたりまえになっちゃうんじゃん……っ」

言い返してきた私に、母は驚いたように目を見開いている。口答えしてくるとは思わなかったのだろう。あたりまえに私が母の言葉に頷くと思っていたから。だから、そんな顔するんでしょ？

「バカじゃないの、働くことは人間の常識でしょ!?　何も大手に入れなんて言ってないじゃない！　普通にどこかに正社員で受かってくれたらお母さんはそれで……っ」

「そんな常識押し付けてくんなって言ってんじゃんっ！」

就活生がたった三社しか応募しないのは異常なの？　書類選考で落ちて病むのはいけないこと？　就活が落ちてあたりまえ、内定もらえたらラッキーって、誰が最初に言ったの。

必死になって書き出した自分の長所も、スラスラと出てきてしまう短所も、お祈りメールが届いた途端、突然無価値なものに見えてくる。それをあたりまえって、越えなきゃいけない壁だって、誰かが決めたあたりまえに苦しみたくないよ。

『トモちゃんは感情を隠すのがうまいよね。隠すっつうか、あれか。普段から感情を一定に保ってるのか、あえて』

『俺は、どんなトモちゃんも好きよ』

『若いんだからな、もっと正直に生きな』

『おれ本当なんで生きてんのかわかんないよ、なんの価値もない。毎日命の無駄遣いしてるだけな気がして』

もう疲れたんだ。頑張れない人間なりにここまで頑張ってきたんだ。人をランク付けするジョウシキなんか、人を簡単に傷つけるフツウなんか、粉々に砕けて全部なくなっちゃえ。


昨夜——いや、今朝の話。

バーの二階にある西野さんの家にお邪魔した私は、灰崎くんといろんな話をした。

眠っていた彼は、西野さんに半ば強制的に飲まされた水でだんだんと頭が冴えてきたのか、虚ろな瞳に私を映すと、「……うわ、トモちゃん」と青ざめた顔で言った。

「おれ、何言った……？」

「色々、言ってたよ」

「色々……」

「でも、いつもの灰崎くんより、少しだけ身近に感じた」

「……は」

「私たち、似てるのかな。西野さんが言ってた。ジンフィズのカクテル言葉、灰崎くんは知ってるんでしょ？」

西野さんは気遣ってくれたのか、寝ると言って自室に行った。私と灰崎くん、ふたり分の呼吸がリビングに響く。朝方六時。灰崎くんが目覚めるまで、私はずっとこの部屋でこれまでの人生について考えていた。

私はどうしてこんなに空っぽなのか。人に興味がなかったからだろうか。口うるさい母の元に生まれたからだろうか。大学選びを間違えたから？　受験期に頑張らなかったから？

違う、そんなんじゃない。

私は、ずっと私を好きになれなかったから空っぽだったんじゃないのか。

「……ジンフィズは、トモちゃんにピッタリだと思うよ」

すっかりアルコールが抜けた灰崎くんの落ち着いた声が、リビングに落ちる。

「カクテル言葉は、『在るがままに』。おれも、西野さんと同じ気持ち。トモちゃんはトモちゃんのままいてほしい。気遣えるし、安易に心を開かない。時々暗い顔してる時もあるけど、それすらも、おれは魅力的だと思ってる」

どうして私は頑張れないんだろうとずっと思っていた。人と同じことをするのが嫌いだった。けれど母に言うと怒られるから、仕方なくやっていた。

無駄に要領だけが良いせいで、私はやればできる人みたいに思われているのも嫌だった。やればできるとかできないとかじゃなくて、やりたくないからやらないんだ。だから勝手にやらせようとしないで、といつも頭の片隅で思っていた。

「トモちゃんはすげーよ。辛いことばっかでもちゃんと生きてる。嘘ついたとしても、ちゃんとさ、常識に馴染もうとしてるんだろ。偉いし、すごい」

「……灰崎くん、悪趣味だよ」

「トモちゃんも悪趣味だろ。おれのことすごいって、最初に言ったのトモちゃんだから」

灰崎くんは悪趣味だ。私なんかのことをすごいって、おかしな話。

「生きてるだけですごいよ。だからもう、トモちゃん頑張るのやめよう。そのままでいなよ。やなこと全部無視しよ」

「じゃあ、灰崎くんも笑って誤魔化そうとするのやめよう。早川くんに言い返していいよ。てか言い返しなよ、ムカつくよ、普通に」

「ふはっ、トモちゃん性悪」

「灰崎くんも性悪」

「ハーバードクーラーのせいかなぁ。あれ飲んだから、おれ、トモちゃんとこうやって話せてるのかも」

「……嘘つきでお酒に弱い灰崎くんにピッタリだよね」

「調べた？」

「調べた。気になったから」

「じゃあ、ジンフィズのも知ってた？」

「ううん。それは、灰崎くんから聞きたかったから調べなかった」

「……うわー、それはちょっとずるいかも」

けれどでも、私たちはやっぱり、似ているのかもしれない。

「もう、お母さんの言う通りにはならない。一回しかない人生、お母さんのものにはしたくないから」

「知《とも》……！」

「お母さんが悪いんじゃないよ。……でも、お母さんのフツウと私のフツウは違うんだ。私、フツウでいるために頑張るの、もう疲れた。私は、私のままでいたい」

お母さんが勝手に作りあげた私も、言われた通りに普通になろうとする私も、くだらないししょうもない。感情を殺してヘラヘラ笑って、みんなと同じように就活して、お母さんに反抗しない、自分に嘘ばっかりつく人生。

もういいよ、もうやめよう。もう、飽きたから。

「なんなのよあんた……っ」

「残念ながら娘だよ。バイトばっかりしててまともに就活も頑張れない、空っぽな娘」

「どこで間違えたの……⁉」

「どこも間違えてない。私とお母さんが合わなかっただけ。私、フツウになりたくて生きてるんじゃないから」

「ああぁ、もう、もぉぉ……っ」

「ごめんねお母さん。私、フツウに頑張れなくて、ごめんね」

西野さんと灰崎くんのおかげで、日野さんがあの日バーに来てくれたおかげで、私はやっとそう思えたよ。

「トモちゃん、おつかれ」

「灰崎くん、おつかれ」

「どう？　人生の進捗」

「んーん、最悪。また書類で落とされちゃった」

「そりゃ御社、センスねーわ」

「自分の長所について記述するところ、『それなりに生きてるだけでえらいと思います』って書いたせいかなー」

「最大の特徴じゃん。トモちゃんの、つうか人間の一番えらいとこだわ」

「だよねだよね。次、がんばる。灰崎くんはどう？　人生の進捗」

「この間早川くんとふたりで回す日、グラス一回も割らなかった」

「えっすごいじゃん」

「高校ん時使ってたサポーターしたんだよ。したらさ、あのヤローー鼻で笑いやがった」

「ごめんね灰崎くん、それ私も笑っちゃうかも」

「でも割らなかったんだよ。効果はあるってこと」

「あ、あとさ、西野さんに正社員としてここで雇ってもらうことになったわ」

「えっほんと？　すごい」

「だからさ、バーテンダーの勉強、ちゃんと始めた。元々興味はあったから、カクテル言葉とかは結構知ってたほうなんだけど」

「すごいよ灰崎くん、サポーター新しいの買ったら？」

「バカにしてんなトモちゃん」

「ちょっとだけ」

「てかトモちゃん、なんか作ってあげよっか？　練習台になってよ。あ、明日面接とかある？　そしたらやめとくけど」

「ううん、ないから大丈夫。作ってくれるの？」

「いーよ。何飲みたい？」

「……ハーバードクーラーかな」

「え。おれ、トモちゃんに隠してること、もうないよ」

「私があるの」

「え？」

「灰崎くん、あのね」

——私、灰崎くんのことが好きだよ。

# あとがき

こんにちは、はじめまして。雨です。この度は、数ある書籍の中から『泣きたい夜にはアイスを食べて』をお手に取ってくださり、ありがとうございます。

文字を書き始めた当初から私は短編を書くのが大好きだったので、このような機会をいただけたことを大変うれしく思います。

この作品を書き始めた当時も、この後書きを書いている今も、きっとこの本が書店に並んでいる頃も、私はなんとなくで息をし、ほんのり鬱々とした気持ちを抱えながら、わけもなく泣いたり、大好きな音楽に救われたりしながら生きています。

生きていると、いろんなことがあります。現状から逃げ出したいと思いながら考えるだけで行動には起こせず燻《くす》ぶってしまうことは日常茶飯事ですし、逃げる勇気が持てたとしても、そもそもこの選択をせざるをえないくらい自分が弱くてだめな人間だからなんじゃないかと落ち込んでしまったりもします。わけもなく泣いてしまう夜は、どうしていつも前触れなく訪れるのでしょうか。自分のことなのに、不思議で仕方ありません。

少し前までは、そんな自分がとても嫌いでした。四半世紀ほど生きていますが、未来のことは考えられないままですし、生活するには悩みが尽きず、友達が多いわけでもありません。孤独に殺されそうになることもしばしばです。けれども、こんな自分だからこそ関わることができた人がいたり、大切にしたい瞬間にたくさん出会えたりしたことで、自分の生き方や思想を少しずつ認めてあげられたような気がするんです。

良いことも悪いことも、すべて人生において無駄なものではなかったと、この素晴らしい瞬間のために生きていたのだと、そう思える夜がなるべく多くあってほしい。そんな祈りと希望を込めてこの本を書きました。

冷え込む夜、孤独な夜、泣きたい夜。そのどれもは、好きなアイスでも食べてから眠るのはいかがでしょうか。甘いものが苦手な方は、珈琲でも紅茶でも、ラーメンでもなんでも良いと思います。少なくとも私は、そんな夜ばかり過ごしています。

最後になりますが、本作の制作に関わってくださった関係者の皆様、そしてこの本に出会ってくださった皆様に心より感謝申し上げます。

本当にありがとうございました。

皆様の日々に、どうか優しい光がたくさん降り注ぎますように。

二〇二四年五月二十八日　雨

この物語はフィクションです。
実在の人物、団体等とは一切関係がありません。

泣きたい夜にはアイスを食べて

2024年5月28日　初版第1刷発行

著　者／雨　

発行人／菊地修一

発行所／スターツ出版株式会社
〒104-0031　東京都中央区京橋1-3-1　八重洲口大栄ビル7F
出版マーケティンググループ　TEL 03-6202-0386
書店様向けご注文専用ダイヤルTEL 050-5538-5679
URL　https://starts-pub.jp/

印刷所／株式会社　光邦
Printed in Japan

DTP／久保田祐子


ISBN　978-4-8137-9336-6　C0095

きみと真夜中をぬけて
きみの物語が、
誰かを変える。
小説大賞
大賞受賞！
雨《あめ》／著
逃げてもいい。
きみが教えてくれた——
人間関係が上手くいかず不登校になった蘭は、真夜中の公園に行くのが日課だ。そこで、蘭は同い年の綺に突然声を掛けられる。「話をしに来たんだ。とりあえず、俺と友達になる？」始めは鬱陶しく思っていた蘭だけど、日を重ねるにつれて2人は仲を深めていき——。勇気が貰える青春小説。
定価：1485円（本体1350円＋税10％）
ISBN：978-4-8137-9197-3

# 20代を生き抜くための100の言葉

**いつだってあなたは好きに生きていい**

愛がなくても生きてはいけるけど、幸せも、切なさも、後悔もその全ては永遠だ。SNSで16万人が共感している言葉を集めたショートエッセイ。あなたの“欲しい言葉”がきっとここにある。

定価：1540円（本体1400円＋税10％） ISBN：978-4-8137-9325-0

# 恋のありがち

青《せい》春《しゅん》bot／著

全部、自分すぎて笑っちゃう。

1000万いいね突破！
Tiktokで話題沸騰！

**イラスト×恋のあるあるに**
# 3秒で共感！

## 共感の声、続々!!

やば、めっちゃ青春…。自分に当てはまりすぎて泣ける！笑（ニコさん）

恋すると変になるのが私だけじゃないって思うとほっとした。（Fnekoさん）

どんな恋も振り返ると眩しくて、また恋をしたくなった！（あいすさん）

定価：1540円（本体1400円＋税10%）　ISBN：978-4-8137-9268-0